TYPO bénéficie du soutien du ministère du Patrimoine du Canada et de la Société de développement des entreprises culturelles pour son programme d'édition.

Nous remercions le Conseil des Arts du Canada de l'aide accordée à notre programme de publication.

ÉROSHIMA

DANY LAFERRIÈRE

Éroshima

TYPO

Éditions TYPO
Une division du groupe Ville-Marie Littérature
1010, rue de La Gauchetière Est
Montréal, Québec H2L 2N5
Tél.: (514) 523-1182
Téléc.: (514) 282-7530
Courrier électronique: vml@sogides.com

Données de catalogage avant publication (Canada)
Laferrière, Dany
    Éroshima
    (Typo; 132)
    Éd. originale: Montréal: VLB, 1987.
    Comprend des réf. bibliogr.
    ISBN 2-89295-145-3

    I. Titre.   II. Collection.

PS8573.A348E76   1998   C843'.54   C97-941612-4
PS9573.A348E76   1998
PQ3919.2.L33E76   1998

DISTRIBUTEURS EXCLUSIFS:

• Pour le Canada et les États-Unis:
LES MESSAGERIES ADP*
955, rue Amherst,
Montréal, Québec
H2L 3K4
Tél.: (514) 523-1182
Téléc.: (514) 939-0406
* Filiale de Sogides ltée

• Pour la Belgique et le Luxembourg:
PRESSES DE BELGIQUE S.A.
Boulevard de l'Europe 117
B-1301 Wavre
Tél.: (010) 42-03-20
Téléc.: (010) 41-20-24

• Pour la Suisse:
TRANSAT S.A.
Route des Jeunes, 4 Ter
C.P. 125
1211 Genève 26
Tél.: (41-22) 342-77-40
Téléc.: (41-22) 343-46-46

• Pour la France:
D.E.Q.
30, rue Gay Lussac
75005 Paris
Tél.: 01 43 54 49 02
Téléc.: 01 43 54 39 15
Courrier électronique: liquebec@imaginet.fr

Édition originale:
© Dany Laferrière, *Éroshima*
VLB éditeur, 1987

Dépôt légal: 1er trimestre 1998
Bibliothèque nationale du Québec
Bibliothèque nationale du Canada

À Rita Hayworth, la star des pin-up,
une rousse si explosive
que la première Bombe atomique
fut baptisée de son nom.

Et j'ai vu une bête sauvage montée de la mer,
avec dix cornes et sept têtes,
et sur ses cornes dix diadèmes,
et sur ses têtes des noms blasphématoires.

Apocalypse

Le zoo Kama soutra

Fraîcheur d'été
prenant mes aises ici
faire la sieste.

Sora

I

1. QUOI QU'IL ARRIVE, je ne bougerai pas du lit. Il n'y a rien de plus neuf que de se réveiller dans un loft aménagé par une Japonaise. Je dors sur un futon dans une pièce éclairée, brillante et presque nue.

L'appartement est un peu concave comme si je nichais dans une coupe à cognac.

2. Hoki est photographe de mode. Elle est à Manhattan. Elle m'a passé son appartement. Elle reviendra dans quinze jours.

— Avez-vous déjà vu un Nègre avec une Japonaise?

— Non.

— Moi non plus.

C'est connu, les Japonaises ne se mêlent même pas avec les Blancs.

3. Faut dire tout de suite que Hoki est un drôle d'oiseau cosmétique. Sorte de mélange aphrodisiaque de raffinement oriental et de vulgarité nord-américaine. Hoki est née à Vancouver, B.C. Elle n'a pas de dieu. Ni Confucius, ni Bouddha. Elle fait l'amour comme Lao-Tseu se tient sur son buffle. DANGEREUSEMENT. Pour certains, ça va. Tout le monde ne tient pas le coup.

4. J'ai rencontré Hoki à une exposition de ses photos dans une galerie d'art. Elle portait une robe noire ajustée au corps. On aurait dit une flamme bleue qui changeait de teinte sous la lumière.

5. Hoki m'a vu la première.
— Vous aimez ça?
Elle me montre les photos d'un geste du menton.
— Non.
— Ah! bon...
— Je suis entré ici par pur hasard.
— Vous êtes encore là.
— J'aime voir les gens.
— Les femmes ou les gens?
— Les hommes pour moi, ça compte pas.
— Ce n'est pas mon avis, dit-elle avec un curieux sourire.
— Alors, ça tombe bien.

6. Hoki prend ses amants. Pour elle, c'est un geste de nature. Le temps de dire ouf! j'étais dans son lit. Hoki a toujours eu un homme chez elle. À plein temps. Je suis son treizième amant (un bon chiffre) et son premier Nègre. Le type qui m'a précédé dans la fonction est un Indien. Le soir où j'ai rencontré Hoki, elle venait de signifier son congé au Peau-Rouge.

7. Hoki n'a pas attendu Gloria (Steinen) pour baiser à volonté. Ni pour changer d'amant quand ça lui chante. Elle veut. Elle ne veut plus. C'est tout.
Tout Hoki.

8. Hoki n'est pas une bombe sexuelle. Du moins, elle n'explose pas. Elle implose. Croyez-moi, c'est pire.

HOKI EST RADIOACTIVE.

9. Hoki amène toute sorte de gens chez elle. Des musiciens de jazz, des poètes, des écrivains, des peintres, des financiers, des clochards, des architectes, des travestis, des photographes de mode, des journalistes, des mannequins, enfin toute la smala de noctambules qui fréquentent la Zone.

10. Hoki collectionne les oiseaux rares. Elle a écrit sur la porte de son appartement: LE ZOO KAMA SOUTRA.

11. Hoki m'a tiré jusqu'à son lit et m'a fait l'amour durant soixante-douze heures. Tout le Kama soutra est passé à la casserole. De mon côté, j'ai fait de mon mieux.

ZEN CONTRE VAUDOU.

12. On est sorti du lit à cause de John Lennon. Lennon est mort. C'est arrivé jusqu'à nous. C'est connu, l'érotisme est fait pour aboutir au meurtre.

LENNON EST MORT POUR NOUS.

II

13. Pour faire l'amour avec Hoki, il faut connaître Basho. Basho est un poète vagabond du vieux Japon (1664). C'est un maître de ce genre de poème bref: le haïku.

14. Vous imaginez le CHOC.
La sexualité volcanique des brousses contre la sensualité minutieuse de Kyoto.
NOIR CONTRE JAUNE.

15. Les mains saoules et spirituelles de Hoki font de mon corps un bel objet sexuel. Comme un briquet que l'on tourne et retourne dans sa paume avant de l'allumer.

16. Hoki me lit au petit matin ce poème de Basho:

> Éclat de la lune
> j'ai passé ma nuit à tourner
> autour de l'étang.

17. Hoki m'a appris la nudité. À bien y penser, c'est une expression terrifiante: FAIRE L'AMOUR.

Il y a pire: FAIRE L'AMOUR AVEC UNE JAPONAISE.

18. Hoki a pour elle l'Orient sensuel et raffiné. J'apporte l'endurance et la force.

Tout l'Occident judéo-chrétien assista, IMPUISSANT, à ce qui se passa cette nuit-là au 4538, avenue du Parc.

19. Hoki s'est d'abord rasé tout le corps. Je restai allongé sur le futon. À travers la fenêtre, la lumière des phares des voitures se croisant sur l'avenue du Parc.

Hoki s'est ensuite bassiné le corps avec un onguent fortement alcoolisé. Dieu! une allumette et elle flambait.

C'est moi qui prends feu. FEU NOIR.

20. L'incendie a duré soixante-douze heures. Hoki est, aujourd'hui, à Manhattan à cause de la mort de John Lennon. Lennon a crevé pour qu'un Nègre puisse sauter une Japonaise.

21. Hoki est partie. Il reste sur la table un peu de gâteau de la veille et un vieux fond de cognac. Je pourrai déjeuner sans quitter mon lit.

III

22. Le téléphone calé au pied du lit, posé sur un volume de Mishima. Il pleut.

Je suis couché dans le loft de Hoki. Il fait un peu sombre dans la pièce. Je regarde un pan de ciel par la fenêtre.

Je pense. Je pense à la Bombe atomique. Le grand-père de Hoki, je crois, est un rescapé d'Hiroshima. Je vois les habitants d'Hiroshima en train de vaquer à leurs occupations. Il est 8 heures du matin. Dans un quart d'heure, ce sera la fin. Je ne suis pas choqué. Je suis intrigué. Depuis cet instant, tout ce que nous faisons — les gestes les plus banals — est menacé par la Bombe. Tout ce que nous faisons en ce moment — même la lecture de ce livre — a un rapport avec la Bombe.

23. Le téléphone sonne.
— Allô!
— Hoki est là?
— Hoki est à New York.
— Ah! merci.
— Je suis là, moi.
— Toi, c'est qui?
— L'amant nègre de Hoki.

— Oh! (*Elle rit*).

— Arrive, alors.

— Si t'es l'amant de Hoki, je ne peux pas venir.

— Pourquoi donc?

— Ben… ça se fait pas.

— On le fait alors.

Un temps.

— Qu'est-ce que tu fais?

Un temps plus long.

— O.K., je viens.

Il y a des jours comme ça. Lao-Tseu dit que tout arrive à qui sait rester dans son lit. C'est là que j'attends la Bombe.

24. Une demi-heure plus tard.

— Entre. C'est ouvert.

Elle s'attarde un moment dans le couloir à secouer son parapluie.

— Je suis Keiko.

Elle a dit ça comme on dit FEU.

— Et moi, une variété TOUCOULEUR du zoo de Hoki.

— C'est pas assez.

Elle hésite un bref instant.

— Bon, finit-elle par ajouter, qu'est-ce qu'il fait cet oiseau?

— Il est là.

Keiko fait trois pas vers la fenêtre avant de se retourner brusquement vers moi.

— Hoki n'héberge pas pour la frime.

— Bon, dis-je, tu connais les goûts de Hoki.

25. Keiko est grande. Petits seins. Ses parents viennent de Kyoto. Elle est née à Los Angeles. Cuisses

fermes. Fesses dures. Nerveuse. Elle marche sans arrêt dans la pièce, ce qui me rend nerveux.

— Tu peux t'asseoir.

— Bien.

— Si tu ne vois pas d'inconvénient, moi, je resterai couché.

Elle se retourne brusquement pour me dévisager longuement.

— T'es très bien couché. Pourquoi y verrais-je un inconvénient?

26. Keiko est restée assise un peu plus de dix secondes.

— Il me faut de la musique.

Elle a dit ça comme une camée en manque. BEAU BRIN DE FILLE VIVANTE.

— T'aimes Garfunkel? me demande-t-elle sans transition.

— J'écoute.

Garfunkel ne tarde pas à fredonner doucement cette ballade islandaise connue.

27. Je regarde Keiko dans cette robe à grands motifs de Katzuo.

— Qu'est-ce que tu fais?

— Je choisis un disque.

— Non. Dans la vie.

— Ah! je travaille avec Hoki.

— Encore!

— Mannequin.

28. Hoki m'a déjà présenté à une foule de collaboratrices. Je découvre encore de nouvelles têtes.

Hoki travaille avec tout le monde. Elle connaît le Milieu.

— J'aime comment ça s'est passé, dis-je après un silence.

— Quoi! Comment quoi?

— Bon, juste au téléphone… comme ça.

— Oh! c'était autre chose pour moi.

— Comment donc?

— Déprime. J'appelle toujours Hoki dans ces cas-là.

— J'suis pas Hoki.

— Tu m'as fait rire.

29. Elle poursuit la conversation, accroupie, en farfouillant dans les disques. De ma position, je ne peux voir que ses chevilles.

30. Hoki m'a appris le yoga. Je ne sais pas si ça pourrait servir à quelque chose. Je fais mes exercices au lit. Sans trop y croire.

Je note dans mon carnet. Trois choses à atteindre: yoga, végétarisme et méditation. LE PREMIER NÈGRE YOGI.

31. Comment faire cette méditation avec Keiko dans les parages? Son parfum flotte dans la pièce.

32. Keiko est arrivée avec du saké.

— Très peu pour moi.

— J'ai fait aussi de la soupe.

— J'en prendrai bien un bol.

— Tu te prends pour qui à te faire servir au lit?

— Je t'avais prévenue.

— Comment ça?
— Je ne bouge pas du lit.

33. Keiko dispose tranquillement les tasses et les bols sur une petite table basse, près du lit. Elle sert le saké comme une véritable geisha. Le bonheur, c'est qu'on peut boire ce vin de riz en quantité sans se saouler. Je bois calmement. Keiko s'envoie du saké cul sec.

34. — On mange?
Keiko disparaît pour revenir en coup de vent avec du riz cuit dans un grand bol de laque noire, une soupe parfumée à la pâte de soja avec, sur le dessus, du filet de poisson cru et salé et des asperges.
— C'est très bon.
— C'est une recette de Hoki.
— Veux-tu me verser encore un peu de saké?
— T'aimes bien le saké?
— Je le bois.
— Moi, ça me rend dingue.
— Et alors?

35. Il pleut. Il a recommencé à pleuvoir. À mon insu. Je n'y peux rien. Le Tao to king dit: «Le retour est le mouvement du Tao.»

36. Keiko est revenue. Elle porte un kimono. Elle est légèrement maquillée. Que faire d'une dingue sensuelle quand il pleut?

37. C'est une bonne averse. La pluie tombe dru. Oblique. La chambre est de nouveau sombre. Keiko

tourne comme un derviche. Je vois ses chevilles sous le kimono.

38. Un oiseau mouillé cogne son bec contre la vitre de la fenêtre. Corne contre verre. La pluie redouble. L'oiseau est encore là. Je le connais. C'est un moineau.
Issa note:

> Viens jouer
> avec moi
> moineau orphelin.

39. Keiko continue à tourner de plus en plus lentement. On dirait une séquence filmée au ralenti. L'oiseau n'arrête pas de frapper contre la fenêtre. Je ne sais comment un si fragile oiseau a pu traverser ce pilonnage meurtrier. En tout cas, il est là. Sonné.

40. La chambre devient de plus en plus sombre. Le saké, très insinuant.
L'oiseau paraît fatigué.

41. La pluie, de plus en plus forte. Un mur d'eau. L'oiseau s'affole derrière la vitre.
Keiko se retourne sur le dos. Son ventre est jaune. Ses jambes pointent vers les poutres noires du plafond. Le kimono, à côté d'elle.

42. L'oiseau fera-t-il un trou dans la vitre à force de s'y frapper? Keiko, couchée sur le plancher, se caresse doucement les seins.
Lao-Tseu, sur son buffle, perd la boule. Quand un philosophe chinois perd la boule, c'est qu'il va se passer quelque chose.

43. Keiko continue de se caresser les seins. J'attends beaucoup de ce moment pour l'avenir de l'humanité. Le sort de la civilisation judéo-chrétienne se joue, à l'instant, entre ce Nègre et cette Japonaise née à Los Angeles.

44. Keiko se caresse à présent les poils du pubis. Poils luisant dans la pénombre. Ses mains glissent sur ses cuisses. Hautes tours.

Couché sur le futon, les yeux mi-clos, je ne perds aucun de ses gestes. Ma main droite tenant mon sceptre. Sexe noir.

45. L'oiseau joue sa vie. Keiko tressaute comme une rainette. Sa main remonte vers l'entrecuisse. Ses pores s'élargissent. Paume sur peau. Sa peau devient rêche. Les pointes de ses seins durcissent. Keiko secoue violemment sa tête de droite à gauche. Elle respire par la bouche, bruyamment. Sa gorge est sèche. Keiko passe sa langue violette sur ses lèvres déshydratées. Son ventre se comprime en de légers spasmes.

46. Je vois l'oiseau tomber. Keiko s'essouffle. Ses ongles verts se perdent dans une mare de sang, de musc et de pisse. Keiko bouge doucement ses hanches. Sa main s'enfonce plus profondément. Son corps se recroqueville.

47. La pluie a légèrement diminué. Le soleil apparaît de nouveau. La chambre nettement éclairée.

48. Keiko respire de plus en plus fortement. Les ailes du nez se gonflent. Le ventre se contracte vio-

lemment. Le premier cri traverse ses lèvres serrées. Un tout petit cri. Un cri mouillé. L'œuf.

Son corps est secoué de spasmes. Ses reins se soulèvent vivement.

49. Il a recommencé à pleuvoir. Avec rage. Ses cuisses s'ouvrent et se ferment. Keiko siffle l'air. Dix secondes. C'EST LE CRI. D'abord saccadé, violent, percutant vers le sommet (une espèce de flottement) pour une descente douce, tendre, heureuse.

50. L'oiseau a payé de sa vie l'orgasme de Keiko.

IV

51. «Rita Hayworth meurt à 68 ans (d'après afp, ap, upi et reuter).

«New York.

«L'actrice Rita Hayworth, dont la crinière rousse a émoustillé toute une génération de cinéphiles dans les années 40, est morte dans la solitude, dans la nuit de jeudi à vendredi, après avoir lutté pendant plusieurs années contre la maladie d'Alzheimer qui a fini par lui ôter tout souvenir de sa gloire hollywoodienne.»

52. Née le 17 octobre 1918 à New York, d'un couple d'artistes (son père était un danseur espagnol originaire de Séville), elle avait fait ses premiers pas sur les planches à douze ans. Quatre ans plus tard, elle bifurquait vers le cinéma, où elle devint peu à peu le sex symbol de toute une époque.

53. C'est vers le début des années quarante, avec un film dans lequel elle eut pour partenaire Fred Astaire (*You'll Never Get Rich*, 1941), qu'elle a atteint la notoriété. En 1944, elle jouait avec Gene Kelly dans *Cover Girl*.

54. Mais c'est dans *Gilda* (film écrit spéciale-ment pour elle en 1946 par Charles Vidor et qui comprend l'une des plus belles scènes de strip-tease de l'histoire du cinéma), puis dans *La Dame de Shan-gai* (1948), qu'elle laissa vraiment éclater sa sensua-lité à l'écran.

«Tous les hommes que j'ai connus sont tombés amoureux de Gilda et se sont réveillés avec moi», avait-elle dit un jour.

55. En 1946, elle a atteint un tel degré de célé-brité, que lorsque la première bombe H est expéri-mentée au-dessus de l'atoll de Bikini, elle est ornée sur ses flancs de la silhouette de Rita Hayworth.

V

56. Hoki avait organisé une *party* avant son départ pour New York. Elle avait expédié des invitations à des amis un peu partout. C'était écrit sur une carte blanche (simplement): FÊTE CHEZ HOKI.

57. Hoki a toute sorte d'amis. Des hommes d'affaires, des journalistes, des mannequins (je l'ai déjà dit, mais vous étiez aux toilettes), des professeurs d'université, des écrivains, des peintres, des homosexuels, des chimistes, des boxeurs, des travestis et un Nègre. L'univers de Hoki. Son cosmos portatif.

58. Hoki m'a donné un nom japonais: Tosei. Tosei veut dire *pêche verte*. Je suis le premier fruit nippon de race noire.

59. On a fait le marché. Un peu partout. C'est un très beau quartier. Un quadrilatère. Van Horne, au nord. Sherbrooke, au sud. Saint-Laurent, à l'est et l'avenue du Parc, à l'ouest. Juifs, Grecs, Vietnamiens, Portugais. Des pâtisseries. Des charcuteries. Des épiceries. Fruits, légumes verts, épices. Des poissonne-

ries. Toute sorte de volailles. On a acheté des bagels chez Himie, sur la rue Saint-Viateur, et quelques bouteilles à la Société des alcools, sur l'avenue du Parc. Pain et desserts sur Saint-Laurent.

60. On a fait le marché dans la Volks jaune de Hoki. Hoki avait cette Volks quand elle était encore à l'université de Vancouver. On baisait à quatre là-dedans (selon la légende). Comment faisait-on? Je ne sais pas. Je ne connaissais pas encore Hoki à cette époque. Paraît que ça se faisait, et cette vieille Volks était connue de tout le campus comme un véritable BAISODROME.

61. En revenant dans la Volks. Vers cinq heures. On a tourné sur la rue Saint-Denis. Fleurs et encens. La Volks craquait. Elle n'en pouvait plus.

62. Le soleil tapait encore fort. Ciel pur (bof! autant qu'un ciel de Montréal peut être pur). Nuages immobiles, fixes. La vieille Volks s'enfonçait résolument dans un paysage de Magritte. Hoki gardait les mâchoires serrées. Elle réfléchissait. J'avais la tête perdue au milieu d'un fouillis d'odeurs de poisson, de légumes, de fruits, de fleurs et de pâtisseries.

63. Les choses (bon, je veux dire les voitures, les gens, les arbres, les maisons, les nuages, l'après-midi) n'arrêtaient pas de défiler. La vie rapide.

64. Hoki conduisait vite. Un peu tendue. Je regardais ses poignets à la dérobée. Crispés. Sa longue veine bleue. Le pouls contre la tempe. Elle réfléchissait.

La Volks fait un brusque *U turn* et retourne vers le quartier chinois.

65. Retour. Soir.

Un de ces couchers de soleil qui vous brûlent les yeux à force de beauté. Merveille de cuivre en fusion. Spectacle incroyablement délicat créé par la pollution. Il n'y a que le *smog* pour engendrer d'aussi magnifiques couchers de soleil.

VI

66. Hoki, en kimono.

Moi, en boubou.

En guise de geisha: deux jumelles lesbiennes: Keiko et Reiko. Keiko, boudeuse. Reiko, artificieuse.

67. Hoki avait placé des amuse-gueule un peu partout dans la pièce. Dans des endroits plutôt inattendus. Des noix d'acajou, des noix de ginko taillés en forme hexagonale et du poisson séché. On a joué, un moment, à retrouver les sachets de noix.

68. De la cuisine, Hoki a apporté un consommé de crevettes au tofu dans des bols de laque rouge. Au fond de chaque bol, une feuille d'épinard, un morceau de fugu et une fine languette de citron. Hoki a disposé les bols sur une demi-douzaine de tables basses de quarante-cinq centimètres de hauteur.

69. Un type à côté de moi raconte comment il a failli s'empoisonner au fugu dans un restaurant des environs de Tokyo.

— Qu'est-ce que c'est que le fugu?

— Vous ne savez vraiment pas!

— Oh! vous savez, je ne connais même pas la Californie.

J'avais la nette impression que chacune des personnes présentes dans cette pièce avait déjà fait le tour du monde au moins cinq fois. Moi, ça ne me gênait pas, puisque j'ai horreur du mouvement. J'ai peur que la Bombe ne m'atteigne en plein vol (au-dessus de l'Atlantique).

— Bon, le fugu est un poisson dont le foie et les ovaires contiennent un poison violent.

— Capable de tuer?

— Mortel.

— Et les Japonais le mangent?

— C'est le plat le plus apprécié au Japon.

70. Hoki s'est amenée avec un grand bol de concombres farcis au gingembre.

Je pensais encore aux Japonais en train de bouffer du poisson empoisonné. Quel rapport avec Hiroshima?

71. Hoki avait raison. Les poètes se sont amenés en même temps que les musiciens, les mannequins, les danseurs, c'est-à-dire vers onze heures. On s'est installé sur des coussins. Enfin, les filles! Des mannequins avec des châssis à tout casser et des nichons à vous décoller la rétine.

72. QUI PEUT BIEN M'EXPLIQUER POURQUOI, BON DIEU DE MERDE, CHAQUE FOIS QU'ON S'INSTALLE UN PEU CONFORTABLEMENT QUELQUE PART, IL Y A TOUJOURS UN ZOZO POUR CROIRE QU'ON NE SURVIVRAIT PAS SANS SA MUSIQUE.

Le type de service, ce soir-là, était un grand blond avec des pieds de marcheur dans des sandales de lanières de cuir. Visage doux, sensible. Bronzage californien. Il a joué deux bonnes pièces. Les filles ont adoré. Raison de plus: j'ai haï.

73. Reiko a tout de suite remarqué la fille qui accompagnait un des danseurs. Une splendide brune au corps ficelé dur dans un «Danskin» blanc. Mince, assez grande, le visage long. France n'est pas jolie, au sens reposant du terme. C'est un cratère.

Reiko voulait France. Dès le premier coup d'œil. Elle la voulait à tout prix. Tout de suite.

74. Hoki est arrivée avec des plats de sushi (sorte de riz au vinaigre roulé avec des languettes d'omelette, du cresson, des champignons, des copeaux de courge et quelques fines tranches de poisson cru). France s'est levée pour aider Hoki. Des jambes minces acier.

75. Le type à la guitare — Nigel — jouait un truc de Genesis. Assis dans la pénombre, presque caché par un paravent, il jouait comme si personne d'autre n'existait à part lui et sa saleté de musique. Des types comme ça, on en ramasse à la pelle à McGill.

76. Sarah a traversé la pièce, tout en longueur, pour venir draguer Nigel. Ça prend un sacré culot ou un nom. C'est la saleté de fille du président du Canadian Pacific. Pieds nus, jambes et aisselles poilues. NATURE. 10 millions de dollars en nature.

77. Hoki est au four et au moulin. Reiko, déjà mouillée. Les mannequins semblaient en transe rien qu'à regarder passer la sauce verte de soja. Un type, à l'autre bout de la table, expliquait les véritables causes du boom économique japonais tout en avalant du tofu. C'est pas les raseurs qui manquent en Occident.

78. Cohen, resté seul dans son coin. Seul. Visiblement, il ne voulait engager la conversation avec personne.

— Bonsoir, je suis Kate.

Le visage de Cohen s'est fermé aussitôt comme une huître.

— Vous êtes Cohen?

— Non.

— Vous êtes bien Cohen?

— Qu'est-ce que c'est que cette histoire!

— J'ai vu votre gueule sur des pochettes de disque.

— Écoutez, je ne suis pas Cohen.

— Prouvez-le alors.

— Je n'ai rien à prouver.

— Alors vous êtes vraiment Cohen.

— Je suis ici parce qu'on m'a dit qu'il n'y aurait pas d'emmerdeurs.

— Cohen! Leonard Cohen!

— Vous vous trompez.

— Si vous n'étiez pas Cohen, vous seriez déjà à me baratiner à propos de mes jambes.

Vrai, Kate a de superbes jambes.

— Bon, dit Cohen, qu'est-ce que vous voulez?

— Baiser avec vous.

— Et où donc?

— Ici.

— Ici!

— Tout de suite.

— C'est pas mon genre.

— C'est précisément pour ça.

— Allez voir ailleurs.

— Oh! ils bavent rien qu'à me voir aller.

— Qu'est-ce que ça peut me foutre!

— Sauf vous.

79. Reiko ne s'occupait que de France. France était pourtant accompagnée d'un ami. C'est un jeune danseur de la Compagnie de ballet Eddy-Toussaint. Il ressemble à ce danseur russe fort connu et, naturellement, il essaie d'accentuer la ressemblance. Reiko n'arrêtait pas de faire des clins d'œil à France. Elle lui servait du saké sans arrêt, essayant de la saouler, là, sous le nez de Barachnikov. France riait. Reiko est une vraie pro.

80. D'autres personnes arrivaient. Tout le monde semblait connaître tout le monde. Hoki continuait le service. L'ambiance était bien partie. Les hommes d'affaires avaient desserré leur cravate. Le saké ne chômait pas.

81. Barachnikov s'est retourné vivement. L'air inquiet. France n'était plus à ses côtés.

82. Reiko avait placé à côté d'elle différents pots d'onguent. Elle massait les pieds de France. France a le visage pointu, les yeux aigus et la bouche légèrement tordue. Biche frémissante sous la chevrotine des caresses. Reiko paraissait calme.

83. Keiko essayait un jeu avec Barachnikov déjà saoul. Keiko l'avait sciemment saoulé. C'est ainsi que les jumelles opéraient. L'une s'occupait de la fille pendant que l'autre mettait K.-O. le type. À tour de rôle.

84. Keiko avait placé devant Barachnikov une minuscule tasse remplie, à moitié, de saké.

— Nous allons verser du saké dans cette tasse, l'une après l'autre. Le premier qui fait déborder le vase est le perdant.

— Et quel est l'enjeu?

— Si tu gagnes, je suis à toi.

— Et si je perds?

— Tu pars sans France.

Un temps, comme suspendu dans l'air.

— Je commence, rugit Barachnikov.

85. Reiko, comme recueillie, caressait les jambes nues de France. France se tordait, se ramassait en chien de fusil. Reiko la poursuivait. Lui ouvrait tranquillement les cuisses et y glissait sa main.

86. Ses hanches s'arrondissent. Ses seins, un peu lourds mais admirablement bien retenus, montrent leurs pointes qui durcissent. Leur érection est marquée par une succession concentrique de teintes. Le corps du sein est rose. En approchant du sommet, la chair pâlit sous sa propre tension. Le mamelon, enfin, se durcit, se dresse, se teinte d'un pourpre approchant du noir. France gémissait. Les jambes raides pointées vers le plafond. Reiko remontait avec sa bouche vers la naissance des cuisses. France se débattait.

87. Hoki apportait, en guise de surprise, encore du fugu. Du fugu cru. De fines tranches blanches, transparentes. Avec une sauce de ciboule et de raifort.

88. Keiko et Barachnikov continuaient leur jeu. Barachnikov, les mains tremblantes. La surface bombée du saké: un dôme.
— À toi, Keiko.
Zoom sur la nuque de Keiko (utiliser un objectif tamron 35/80). Keiko se concentre. La goutte tombe. Danse sur le dôme et... reste.

89. France se débattait sous Reiko. Reiko la prenait. Bouche contre bouche. Ventre contre ventre. France jouissait. Reiko la faisait jouir.

90. D'un revers de main, Barachnikov fait voler la tasse contre le mur, à deux doigts de la tête de Cohen. Kate, la fille qui est avec Cohen, reçoit tout le saké au visage.

91. France, couchée. Bouche ouverte. Domptée.

VII

92. Hoki n'a jamais voulu parler de là-bas. Là-bas, c'est le Japon. Elle dit: «Je suis née à Vancouver. Je suis une Nord-américaine.»

Alors, pourquoi ces brusques accès de désespoir?

VIII

93. Keiko est partie pendant que je dormais. Le kimono, roulé en boule, sur le parquet. DERNIER SIGNE DE VIE. Je commence ma journée en faisant quelques exercices de yoga. Couché. Je n'entends pas quitter mon lit quoi qu'il arrive. Je n'ai besoin de rien, ni de personne.

94. Keiko a placé un bol de soupe aux asperges sur la table basse, près de ma tête. Je mange copieusement. J'arrose le tout avec du saké. Je compte vivre le plus longtemps possible.

95. Le premier homme fut un Nègre. Le dernier sera également un Nègre. UN NÈGRE COUCHÉ.
Si la Bombe ne vient pas tous nous cueillir un beau jour, le dernier homme mourra dans un hamac. Aucun Blanc ne peut tenir plus de deux heures dans n'importe quel hamac.

96. Je reste couché dans le loft ensoleillé de Hoki. Keiko a perdu une boucle d'oreille. Elle brille sur le plancher, près du kimono. La fenêtre est restée ouverte. J'entends la rumeur de l'avenue du Parc.

97. J'aime bien cette avenue. J'aime les artères de la ville, les bars, les voitures, les filles dans leur robe d'été. Le côté ensoleillé de la rue, le vin, l'après-midi. J'aime par-dessus tout Billie Holliday.

98. Je suis urbain jusqu'au bout des ongles. Mes vaches sont des voitures. J'ai horreur de la campagne. J'ai horreur de la banlieue. J'aime le parc du mont Royal, les écureuils de ville et les restaurants grecs. Ça fait près de huit jours que je crèche chez Hoki. Hoki est à New York. À cause de John Lennon. Vous savez ce qui est arrivé à ce gosse? Pauvre Lennon!

99. J'aime aussi flâner seul. Sans rime ni raison. Comme ça. Pour voir. Le Timénés est tout à côté, avec sa terrasse. Je ne connais pas de plus vif plaisir (à part un hypothétique week-end avec Rita Hayworth) que celui qu'on trouve à s'asseoir à la terrasse d'un café pour siroter un verre de vin vers deux heures de n'importe quel après-midi d'été. Je dis deux heures pour être sûr du soleil et des filles. On s'assoit et on regarde. C'est l'unique règle. On regarde passer les filles. QUI VEUT ENCORE PENSER QUAND IL SUFFIT DE LAISSER FAIRE LES PIEDS. On regarde et on boit du vin. Le temps passe. La lumière du jour se dégrade. Les phares des voitures deviennent plus rutilants. On dirait des pépites dans la nuit. Tant mieux, cette tristesse dans l'air fait très chic avec le vin.

IX

100. Hoki m'a laissé quelques livres sur la table, près de ma tête. Des bouquins de Mishima, quelques romans de Kawabata, un essai de Borgès sur le bouddhisme et un volume tout dépenaillé de Tao to king. Hoki garde encore un exemplaire (très rare) du Kama soutra avec une estampe datée du XVIIIᵉ siècle.

101. Hoki est très asiatique, au fond. Nord-américaine à l'extérieur. Japonaise à l'intérieur. Entre les deux vies, il y a un secret.

Je crois que Hoki n'a pas pardonné à ses parents d'avoir choisi l'Amérique après ce qui s'est passé là-bas.

Les parents de Hoki étaient à Tokyo, ce jour-là. Le jour de la Bombe. Le grand-père de Hoki, lui, était à Hiroshima.

102. Le grand-père de Hoki est aveugle et il a aussi perdu la parole. Hoki est une enfant des Beatles, de Jim Morrison et de Janis Joplin.

Il a écrit un poème pour Hoki qui parle d'une lumière qui rend aveugle. Lumière noire.

X

103. Le loft est abondamment éclairé. Je lis. Seul. Studieux comme un moine en prière. Je lis le Kama soutra. Et je rêve de cet univers mozartien où les jeunes filles pratiquaient soixante-quatre métiers (art, science, religion). Hoki me l'avait dit: LE KAMA SOUTRA VA BIEN AU-DELÀ DE LA SIMPLE BAISE.

104. Je tombe sur un chapitre qui traite des baisers. Je ne connaissais pas le baiser avant Hoki. Mon truc était tout simple. J'allais directement aux organes concernés.

105. Il y a au moins une douzaine de sortes de baiser. Vatsyayana en conseille trois:
le baiser nominal;
le baiser palpitant;
le baiser touchant.
Lorsqu'une jeune fille touche seulement la bouche de son amant avec la sienne mais sans rien faire elle-même, cela s'appelle le *baiser nominal*.
Lorsqu'une jeune fille, mettant de côté sa pudeur, veut toucher la lèvre qui presse sa bouche et, dans ce but, faire mouvoir sa lèvre inférieure

mais non la supérieure, cela s'appelle le *baiser palpitant*.

Par contre, lorsqu'une jeune fille touche la lèvre de son amant avec sa langue et, fermant les yeux, met ses mains dans celles de son amant, cela s'appelle le *baiser touchant*.

106. Hoki m'a embrassé (nominal, palpitant, touchant). Puis m'a égratigné, marqué, mordu, griffé avec ses ongles verts dans cette atmosphère de douce folie extrême-orientale (encens, musique, lumière tamisée). Hoki m'a ensuite tatoué le corps de morsures. Ce fut ce que Vatsyayana appelle LE CONGRÈS. Cela a duré soixante-douze heures, et n'était-ce la mort de John Lennon...

107. Je lis dans le Kama soutra que la pression des ongles est de huit sortes, suivant la forme des marques:
1- Sonore.
2- Demi-lune.
3- Cercle.
4- Ligne.
5- Griffe de tigre.
6- Patte de paon.
7- Saut de lièvre.
8- Feuille de lotus.
Ongles de Hoki: musc, sang, eau verte, corne. La fête a viré au mauve.

108. Vatsyayana indique aussi huit sortes de morsures:
1- La morsure cachée.
2- La morsure enflée.

3- Le point.
4- La ligne de point.
5- Le corail.
6- La ligne de corail.
7- Le nuage brisé.
8- La morsure de sanglier.
Hoki ne me les a pas faites dans cet ordre.

109. Couché sur le futon, je regarde, sous l'œil ringard de Lao-Tseu, les dix figures éternelles du Kama soutra que Hoki a exécutées avant de se livrer tout entière à ce Nègre.

— Avec moi, dit-elle, il faudra être violent.

— Je te briserai.

Hoki est incassable.

110. Les bras allongés devant elle, couchée sur le ventre, elle commence à respirer profondément et bruyamment comme un sportif à l'arrivée d'une course de fond. Peu à peu sa croupe s'élève, s'exposant d'une façon qui ne laisse aucun doute sur ce qu'elle attend de moi. Son corps est si menu que j'ai l'impression de violer une fillette. Mais sa poitrine est ferme et pointue; ses fesses, rondes et dures. Elle prend l'initiative, m'aspirant très doucement par petites secousses. Elle respire toujours profondément et à chaque inspiration elle gagne quelques millimètres. La pression autour de mon sexe cesse brusquement, faisant place à une sensation exquise, tandis que mon pénis plonge dans un fourreau brûlant. Hoki exhale un long soupir de satisfaction. Je suis maintenant enfoncé en elle de toute ma longueur, ayant vaincu la résistance de ses muscles intérieurs. Grâce au yoga.

111. Hoki prononce quelques mots en japonais puis commence à onduler sans manifester la moindre douleur. Je prends alors ses hanches trempées de sueur et je la pénètre lentement et profondément.

D'un ultime coup de rein, je la cloue net; une explosion merveilleuse m'éblouit. Peut-être la même explosion que le grand-père de Hoki a vue à Hiroshima.

112. LES DIX FIGURES EXÉCUTÉES PAR HOKI AU 4538, AVENUE DU PARC:

Lorsque la femme place une de ses cuisses en travers de la cuisse de son amant, c'est la position PLIANTE.

Lorsque la femme lève les deux cuisses toutes droites, c'est la position LEVANTE.

Lorsque la femme lève les deux jambes et les place sur les épaules de son amant, c'est la position BÉANTE.

Lorsque les jambes sont contractées et maintenues ainsi devant la poitrine, c'est la position PRESSÉE.

Lorsqu'une des deux jambes est étendue, c'est la position DEMI-PRESSÉE.

Lorsque la femme place une des jambes sur l'épaule de son amant et étend l'autre, puis met celle-ci à son tour sur l'épaule et étend la première et ainsi de suite, alternativement, c'est la position FENTE DE BAMBOU.

Lorsqu'une des jambes est placée sur la tête de la femme et l'autre étendue, c'est la position POSE DE CLOU.

Lorsque les deux jambes sont contractées et placées sur son estomac, c'est la position EN PARQUET.

Lorsque les jambes sont placées l'une sur l'autre, c'est la position EN FORME DE LOTUS.

113. C'est à cet instant précis (au cœur même du CONGRÈS) que résonna, dans la tête de Hoki, la terrible détonation.

John Lennon venait de tomber devant sa résidence (Dakota), à Manhattan.

XI

114. En 1946, le message de l'Amérique était clair. La première Bombe s'appelait Rita Hayworth. Cette Bombe symbolisait la jeunesse, la beauté, le sexe et la mort.

115. Au printemps 1987, je commence à rassembler mes notes à propos de ma rencontre avec Hoki dans une galerie d'art sur la rue Sherbrooke. Hoki est, par ricochet, une victime de Rita.

J'ai toujours été fou de Rita. Je suis amoureux de Hoki. Les deux sont radioactives.

116. Un mois plus tard (dans la nuit du jeudi 14 mai au vendredi 15), Rita meurt de la maladie d'Alzheimer. Et Hoki veut oublier tout ce qui s'est passé là-bas.

117. Je note, dans mon carnet, trois choses: le sexe, la Bombe et la mémoire.

XII

118. C'est arrivé, un dimanche, au parc Outre-mont. Un dimanche matin. Disons un dimanche légè-rement pluvieux. Herbe folle mouillée. C'est un petit parc très coquet, à l'angle sud-ouest des rues Bernard et Querbes. Il y a une étendue d'eau miniature, un petit pont surplombant le lac, un jardin, un parc réservé aux enfants et aux chiens, des terrains de ten-nis et, sur l'autre versant, une bâtisse blanche comme le Tāj Mahal.

119. J'aime marcher dans ce parc. Au gré de mon rythme. Je me laisse aller à suivre mes souliers. JE MARCHE. Rien d'autre. Tout entier dans chacun de mes pas. Comme font les vieux maîtres zen. Je fais, généralement, le parcours tout en grignotant des bagels de chez Himic enveloppés dans l'édition du dimanche du journal de McGill.

120. Ce dimanche, je suis entré dans le parc par la rue Bernard. Un détective (un privé, dirait Chand-ler) noterait que j'ai emprunté assez vivement le pont en arc pour glisser, corps et âme, vers le petit lac en serpentin. À partir de là, je fais immanquablement le

même périmètre qui aboutit devant le petit jardin, près de la chute. Il pleut. Une pluie si fine qu'on dirait de l'oxygène liquide. On n'arrive à percevoir les gouttelettes qu'en observant les myriades d'aiguilles microscopiques qui semblent vouloir transpercer la surface de l'eau.

121. Les canards adorent être dans l'eau quand il pleut.

> Le fond de l'eau,
> je l'ai vu, dit
> le visage du caneton.
>   JÔGO

122. J'avais pris un des appareils photographiques de Hoki. Un Contax 139. Un bel objet noir, sensuel et compact. J'ai fait des photos. Trois clichés.

Clic. Une *bag-lady*.

Clic. Un homme de 70/75 ans, très élégant, buste droit, canne, dans le genre de Kees Van Dongen.

Clic. Deux dames, style Outremont classique.

123. Je suis assis sur un banc du parc, en face du terrain de tennis. Deux couples en train de faire un double mixte. On dirait des images de *Harper's*. La jeune femme la plus près de moi ressemble à Shirley MacLaine (en plus grassouillette). L'autre est le parfait sosie de Geneviève Bujold. Bref, on est prévenu: toutes les filles d'Outremont ont le minois de Geneviève Bujold.

124. Bon, les hommes font penser plutôt à de jeunes cadres-dynamiques-de-droite-un-peu-décontractés. En gros, il n'y a rien à dire d'eux.

Shirley: 35/38 ans.
Bujold: 40/42 ans.
Les deux types ont carrément 40 ans.

125. Leur jeu est assez identique. Ils mélangent les mêmes ingrédients. Fair-play, compétition, punch et décontraction. Bujold semble plus proche d'une ancienne pro. Son revers assez nerveux, dans le style de Goopalong.

126. Le tennis est, peut-être, le jeu le plus sensuel qui soit, à cause de la jupette des femmes. Mélange d'effort, de grâce et de jambes.

127. Photographier est l'acte sexuel par excellence. Les Japonais le savent. J'avais pris un Contax. C'est un objet dessiné par Porsh et conçu par Carl Zeiss. J'aimerais être un de ces objets entre les mains de Hoki.

128. Deux clichés.
Clic! Bujold au service (genou légèrement fléchi, profil tendu, dos arqué).
Clic! La balle en l'air et la jupette de Shirley aussi (cuisses lisses, rondes et longues).

129. Je regardais la partie de tennis et ça m'a détendu. La symétrie du jeu. Deux partenaires de sexe opposé de chaque côté. La balle par-dessus le filet. Toc toc. Toc toc toc. Toc toc.
J'ai fermé les yeux.
Toc toc toc toc toc toc toc toc toc toc toc toc toc toc toc toc toc toc toc toc toc toc toc toc toc toc toc toc...

130. J'ai ouvert les yeux. Elle était là. 12/13 ans. Un corps de nymphette. Lolita. Je la regardais derrière la grille verte contournant le périmètre du terrain.

> Cage naturelle
> pour les fauvettes:
> le bosquet de bambous.
> MOICHI

131. La pluie avait cessé. Des hydroglisseurs sur l'eau. Lolita ruisselante dans sa jupette. Lolita voltigeant derrière la balle. Lolita se retournant brusquement sous l'effet d'une piqûre de moustique. Lolita en plein rire. Lolita secouant sa tignasse. Lolita boudant. Lolita en plein élan. Lolita, les yeux rieurs. Lolita espiègle. Lolita, mauvais caractère. Lolita s'esclaffant. Lolita épanouie. Lolita traînant la raquette. Lolita dingue. Lolita femme-enfant. Lolita assise sur le banc. Lolita bavardant avec Bujold. Lolita, une serviette autour des hanches. Lolita sifflotant. Lolita vue de dos. Lolita vue de profil. Lolita vue de face. Lolita en pleine concentration. Lolita pointue. Lolita détendue. Lolita heureuse. Lolita malheureuse. Lolita vue de trois quarts. Lolita libre. Lolita attaquant la balle.

Lolita vulgaire. Lolita *smashant*. Lolita au revers. Lolita maladroite. Lolita bras dessus bras dessous avec Shirley (peut-être sa mère). Lolita buvant, à même le goulot, de l'eau minérale. La langue rouge de Lolita. Lolita distraite. Lolita, les jambes en l'air. Lolita recueillie. Lolita aux quarante-quatre poses. LOLITA DANS LA CHAMBRE NOIRE.

XIII

132. Chez Keiko. Quelques filles qu'on vient à peine de fabriquer. Leur peau neuve. Leurs dents qui étincellent. Elles ont des cheveux formidables, d'une seule couleur: noir, vert, orange ou aluminium brillant. Leurs jambes n'en finissent pas. Elles sont les filles d'Outremont telles que Kenzo les a conçues.

DES MÉCANIQUES ULTRA-MODERNES.

133. Une fille miniature. Je n'en ai jamais vu une si petite et roulée comme tout. Elle essaie de grimper un géant de McGill, un champion de football. Il la prend d'une main, la soulève jusqu'à sa bouche. Elle fait battre ses longs cils noirs. Il la regarde avec des yeux fous.

134. Betty Boop dans les bras de King Kong. Betty Boop vient de Tokyo. Elle travaille à la télévision japonaise. Son nom est Mariko.

135. Des Asiatiques ovales, luisantes, jaunes, dont les yeux sont un trait de pinceau.

Des Indiennes pur cuivre.

Un Nègre avec un nom japonais: Tosei.

MATCH THE COLORS IN LOVE.

136. DANS LA SALLE DE BAINS.
Keiko est assise, nue, sur le bol de toilette. Elle se savonne l'entrecuisse.

Sur le bol (en face): Reiko, omoplates par en arrière, et tirant sur les coudes. Son thorax au zénith. Sous la chair translucide du poignet, les veines bleu foncé dessinent la lettre H. Comme la Bombe du même nom.

Sexes très bombés, étroits, lisses, fendus.

137. Je circule dans cet espace comme un zombie. Des gens affalés sur des poufs multicolores. Il n'y a pas de party à Outremont sans poufs. Désormais, il n'y aura pas de party sans Nègre. C'est essentiel pour le décor. Sa présence cautionne tous les phantasmes. Keiko l'avait dit au téléphone à une de ses amies (je tiens ça de Reiko): «On aura un Nègre.»

138. Une jeune Eurasienne, qui allaite un enfant, quoiqu'elle soit très jeune, toute mince et diaphane, traverse la pièce. Keiko lui touche un de ses seins gonflés avec un stylet. Un filet de lait gicle, puis une minuscule tache de sang apparaît et se coagule aussitôt.

139. Misako s'approche de Reiko dans la salle de bains. Elle sort un pistolet du placard. Du pouce, elle relève le chien dont le cran présente le gland. Reiko, toujours nue, les jambes écartelées, semble interroger l'arme.

— Ne t'inquiète pas, dit Misako, ce sont des mécaniques bien faites.

— Je ne suis pas inquiète.

140. Misako prend alors un objet dans un des tiroirs. Un truc un peu rond, épais et noirâtre, de l'épaisseur d'une pelote d'aiguilles et l'adapte à la crosse. Elle pose le pistolet au bas de son ventre, à l'intersection précise de ses cuisses. Reiko voit une sorte de sexe tendu vers elle, le nez ouvert, dont la racine est camouflée dans une épaisse toison de poils roux (teints).

— Cela fait mal, je te préviens, dit tranquillement Misako.

141. Keiko, qui a coupé ses ongles au ras des chairs, saigne des dix doigts: elle s'est taillé la chair rose à l'aide d'une paire de ciseaux. Le sang coule de ses doigts. Elle dénude son ventre et y trace cinq traînées écarlates.

Deux filles entrent au même moment dans la salle de bains. L'une semble une véritable sérigraphie. Sa chair mince et dure scintille. Le sexe brillant, épilé jusqu'à l'os. Elle montre ses seins (deux boutons roses). «Dans trois jours, dit-elle, je me fais sauter ces trucs aux ciseaux.»

142. Reiko et Misako.

Joues contre joues, les doigts emmêlés, les genoux rivés à l'étau des cuisses, le sexe enflammé collé au sexe.

Le coup de pistolet part.

143. J'ai une tête, deux bras, deux jambes, un ventre, un sexe, tout ça est noir. Mon ventre s'est

creusé, mes aisselles ont été rasées, mon sexe est de glace.

Quelqu'un (Reiko ou Keiko) m'a pris par les aisselles puis m'a déposé dans un taxi.

144. Je me suis réveillé dans le loft de Hoki. Hoki est encore à New York. Je suis couché dans la grande pièce qui donne sur l'avenue du Parc. Lao-Tseu (vieux complice), que je retrouve sur son buffle, me sourit doucement. QUOI QU'IL ARRIVE, JE NE BOUGERAI PLUS DE CE LIT. C'EST ICI QUE J'ATTENDS LA BOMBE.

XIV

145. Il pleut encore ce matin. Hoki arrivera ce soir. J'ai reçu un appel téléphonique de Keiko. Hoki lui avait parlé, la nuit dernière. Keiko aimerait que je l'accompagne à l'aéroport, vers cinq heures.

146. Keiko, June, Misako, Reiko, Vicky, en ligne pour fêter Hoki. Je ne connaissais pas Vicky et, semble-t-il, je n'ai rien perdu. Pas de seins. Des fesses plates. Un visage très dur. Des ongles sales. Pas mon genre. Par contre, Keiko est accompagnée d'une splendide fille de la Côte Est, June. Grande, belle, intelligente, June paraît s'attacher à Keiko comme une mystique à son gourou. Keiko a le don non seulement d'avoir les plus belles filles quasiment à l'œil, mais surtout de provoquer chez ces dernières de terrifiantes fascinations. June est assise sur un coussin, le dos appuyé contre Keiko. Elle a la jambe droite repliée sous elle, et Keiko lui caresse l'autre jambe.

147. June est maintenant dans les bras de Keiko. Comme une éponge molle. Complètement offerte. Keiko lui masse la nuque sans trop y prêter attention.

Et dire que la Bombe est là, tapie quelque part à attendre le bon moment.

C'EST LE BON MOMENT!

XV

148. Hoki est arrivée, la nuit dernière, avec un rasta, et ce type est resté à jouer du reggae toute la nuit. Hoki avait l'air du dernier bien avec lui. Quand il est allé à la salle de bains, Hoki s'est levée brusquement pour le suivre. Ils y ont fait un raffut de tous les diables. Une porte a claqué. Puis, silence. Ils sont revenus une bonne heure plus tard, et Hoki avait l'air complètement groggy.

149. Hoki ne m'a encore rien dit, mais je crois que je ferais mieux d'aller voir ailleurs. J'aime Hoki, Keiko, Misako, Reiko et les autres, mais ce qui me fend vraiment le cœur, c'est d'être obligé de quitter le futon.

Je compte aller faire un tour au Timénés, pour y voir passer les filles et les voitures, et, peut-être, pour boire un peu de vin.

150. J'ai dit à Hoki que si jamais elle ou quelqu'un d'autre (je ne sais pas, Keiko ou Reiko) voulait me voir, je serais au Timénés. Hoki a vaguement noté l'adresse sur une des cartes qui traînent sur le plancher, puis l'a ensuite glissée sous le téléphone, près du futon.

J'ai regardé la carte. C'était écrit: «FÊTE CHEZ HOKI.»

La Bombe par elle-même

ON A DIT TANT DE MAL de la Bombe qu'on va finir par croire qu'elle est uniquement dangereuse. Ses adversaires ont pourtant laissé de côté son aspect le plus explosif: la charge sexuelle qu'elle concentre en elle. Ses milliards d'atomes crochus. L'idée qu'à n'importe quel moment, tout cela pourrait sauter ne devrait-elle pas nous pousser à une orgie sans fin? À vouloir grimper sur le premier venu? Il suffit d'y réfléchir un instant. De penser à Rita. Qui sont ceux qui ont quelque chose à perdre dans une explosion finale? Pas vous. Ni moi. Alors, dansons! La danse au-dessus du volcan. *Birth, Copulation and Death*.

Manhattan kosher

KERO, UNE AMIE DE HOKI (décidément, cette fille est en cheville avec la planète entière), avait invité le romancier Norman Mailer à venir prendre le thé dans son appartement, à Manhattan. Mailer est arrivé avec sa fille, Gloria, et Myriam Rosenberg. Gloria et Myriam ont passé leur enfance dans le quartier juif de Brooklyn.

Gloria et Myriam étaient deux petites filles identiques sur la photo de leur Bar mitzvah avant que Gloria ne devienne, à Manhattan, cette pulpeuse beauté cashère.

Myriam habite encore dans le même quartier et elle n'est pas ce qu'on pourrait appeler une tornade sensuelle. En fait, elle ne casse rien, mais c'est l'amie d'enfance de Gloria Mailer.

Kero a tout de suite apporté les ustensiles qu'elle a disposés dans un coin de la pièce. Kero s'affaire ainsi, pieds nus, dans un kimono à grands motifs de bambou.

Nous sommes assis, à l'orientale, sur de minuscules coussins de soie jaune.

Norman Mailer s'intéresse vivement aux ustensiles. Il palpe chaque objet en s'inquiétant de sa patine, de son histoire, de son nom japonais et de son usage. Kero répond chaque fois en donnant de plus en plus de détails. Autant Hoki veut oublier ce qui s'est passé là-bas, autant Kero voue un culte à la mémoire. Tout ce qui est japonais est sacré. Elle veut faire prendre conscience à chaque Américain de la bêtise d'Hiroshima. Cette danse du ventre, c'est dans l'espoir que Norman Mailer écrive, un jour, un roman sur le Japon.

Kero est née à Londres où ses parents vivent encore. Elle suit de vagues cours d'art dramatique à New York. En réalité, elle est ici pour faire réparer la faute. L'Amérique doit une excuse au Japon.

Kero est très dure. Elle est mince, souple et féroce. Avec des yeux terribles. Faire l'amour avec Kero, c'est faire l'amour avec un samouraï dans un corps de geisha. LA CHAMBRE DES MILLE DOULEURS EXQUISES. Elle, sado. Moi, maso.

La fenêtre sur Central Park est notre unique source de lumière. Gloria Mailer en est inondée. Sa chevelure *auburn*, lourde, exhale un parfum de propreté et de fraîcheur. Avec ses formes coincées dans sa robe jaune et verte qui transpire un érotisme humide, impudique. Myriam Rosenberg est là pour montrer le chemin parcouru par une fille d'un quartier pauvre de Brooklyn.

Kero, sans bouger le torse, touche chaque objet avec une baguette de bambou. Elle les nomme d'une voix neutre:

Kensui: jarre à eaux résiduaires.

Hishaku: cuillère à eau.

Futaoki: reposoir pour couvercle de bouilloire.

Kobukusa: petite serviette en soie.

Sensu: éventail.

Fukusa basami: sac à main.

Chawan: bol à thé.

Chashaku: cuillère à thé en bambou.

Chakin: serviette à thé en toile.
Natsume: boîte à thé.
Chasen: fouet en bambou.
Mizusaki: jarre d'eau froide.
Shikiita: support en tuile pour le brasero.
Furo: brasero.
Okama: bouilloire à thé.

Kero a hérité du service à thé familial. Perdre un de ces objets serait un drame presque aussi terrible que celui d'Hiroshima. Cette cérémonie du thé, au cœur de Manhattan, est un rituel, une messe. Comme les Occidentaux pleurent, chaque jour, la mort du Christ.

Myriam Rosenberg, avec ses petits yeux apeurés, a tout à fait l'air d'une souris de Gaza. Gloria se tourne vers Kero.

— Myriam n'habite pas loin d'ici.

— Ah! oui...

— Elle possède un appartement à un coin de rue de chez toi.

— En effet, c'est pas loin.

— Elle est en médecine à Columbia.

— Gynécologie?

— Non. Neurologie. Elle est timide, mais ne te fie surtout pas à son petit air effrayé, c'est un génie.

Myriam Rosenberg, comme de fait, n'arrête pas de rougir. Au cas où vous ne l'auriez pas deviné, c'est la fille du grand rabbin de New York. Elle est moche, orthodoxe et géniale. J'ai toujours été attiré par la laideur. La beauté expose. La laideur protège. Myriam Rosenberg est bien protégée. Oh! je sais, je sais. J'entends d'ici (et distinctement) les envieux. Pour eux, les

Nègres ne devraient baiser qu'avec des Négresses. Le mélange racial est une des formes vivantes qui subsiste, aujourd'hui, pratiquement sans changement depuis le devonien et qui a des chances de survivre à la Bombe. J'imagine que nous sommes des amibes unicellulaires. Et que nous essayons, malgré tout, de tenter une sortie collective.

Kero prépare le thé en silence. Elle nettoie, d'abord, la cuillère à thé et les bols pourtant déjà propres. Elle essuie, ensuite, l'un après l'autre, à l'aide d'une serviette de soie, tous les ustensiles.

Soleil. Calme et sérénité.

Avec une louche de bambou (Kero utilise une louche neuve à chaque séance), elle puise l'eau dans la bouilloire pour la transvaser dans le bol. Elle utilise une pièce de tissu de forme oblongue qu'elle plie au-dessus des parois du bol pour la faire tournoyer ensuite entre ses mains.

Myriam Rosenberg est assise un peu en retrait de la flamboyante Gloria.

Kero bavarde à voix basse avec Norman Mailer tout en préparant le thé.

— Tu écris, ces jours-ci, Norman?

— Hélas…

— Pourquoi hélas?

— J'écris, j'écris et j'ai l'impression de tourner en rond.

— Ton truc sur l'Égypte?

— Ouais… M'a l'air que cette fois j'ai attaqué un trop gros morceau.

— Tu es le plus grand, Norman, c'est donc à toi de prendre les plus grands risques.

— Bon Dieu! des fois j'ai bien envie de jeter les gants.

— Norman, selon toi, qui est important aujourd'hui?

— Oh! il doit y avoir une vingtaine d'écrivains américains qui répondraient à cette question en vous citant un nom — le leur. John Updike dirait John Updike. Bellow dirait Bellow.

— Que dirait Norman Mailer?

— Norman Mailer dirait Norman Mailer, tu peux compter là-dessus. La littérature américaine est actuellement dans une drôle de situation. Nous n'avons pas de géants. Jadis, nous avions Hemingway et Faulkner. À présent, nous sommes comme les rayons d'une roue. On ne peut pas demander quel est le rayon principal. Chaque rayon répondra: «À ma connaissance, je suis le seul.»

— Pour moi, Norman, tu es le seul. Mais qui d'autre, à part toi?

— Il y a beaucoup d'auteurs pour qui j'ai de l'estime. Saul Bellow est un très bon écrivain. John Updike est très bon, John Cheever...

— Et Gore Vidal?

— Vidal est un bel esprit et un bon essayiste. Ce n'est pas un bon romancier.

— Truman Capote?

— Capote est un styliste, un très bon écrivain, mais il n'a rien donné d'inoubliable récemment. Bien sûr, il travaille depuis des années à *Answered prayers*. Il faudra attendre et voir.

— Des auteurs surfaits?

— Il est difficile pour un auteur de se maintenir très longtemps. Il y a en Amérique beaucoup plus de critiques littéraires que d'hommes et de femmes capables de gagner leur vie en écrivant des romans. Nous avons tous été examinés et réexaminés pendant vingt ou trente ans. Ce serait dur pour un ersatz de passer à travers.

Le bol à thé bien sec, Kero dispose la serviette sur le bord de la bouilloire et place ensuite le bol entre ses jambes. Avec des gestes très doux, elle ouvre la boite à thé sans perturber la surface bombée du thé brillante comme un globe lumineux. Elle calcule minutieusement chaque portion qu'elle verse dans les bols. Ensuite, elle frappe cinq fois la cuillère contre la paroi pour la débarrasser des poussières de thé.

Je ne me suis pas encore familiarisé avec cette idée, cette RÉALITÉ de respirer, de tousser, de bouger dans la même pièce qu'une juive orthodoxe. Vous vous imaginez l'effet que ça peut faire sur la libido d'un goy nègre.

Kero, le visage imperturbable, introduit la louche de bambou dans la bouilloire, le côté incurvé vers le bas, la tourne doucement à mesure qu'elle l'enfonce en évitant le moindre geste maladroit. Elle la retire, ensuite, sans bruit, la place sur le bol à thé, l'incline doucement afin de verser le tiers de son contenu dans le bol. Je regarde avec fascination Kero exécuter ces gestes avec la plus grande précision.

Gloria Mailer n'est pas une héroïne de Woody Allen, le style de fille belle, juive, riche, intellectuelle et névrosée, le genre qui habite Central Park, s'habille chez Gucci, qui a tout pour être heureuse et qui passe ses après-midi sur le divan d'un psychanalyste de Manhattan. Gloria Mailer serait plutôt du genre californienne gorgée de torah qui travaille dans une station de télévision bourrée de snobs et de cocos... Ou encore Gloria est une de ces filles supercools, superbronzées, sans une pointe d'inhibition, pareilles à une orange *made in Los Angeles*. Pour toutes ces raisons, Gloria Mailer me laisse froid.

Kero se sert d'un *chasen* (un fouet de bambou muni, à une extrémité, d'une poignée et incurvé en dents de fourchette à l'autre). Cet instrument, en apparence simple, a nécessité diverses opérations avant d'atteindre cette perfection dans la forme et le sens. Je voudrais devenir cet objet très simple et tout à la fois complexe. Myriam Rosenberg a suivi très attentivement le rituel qui a duré quarante minutes. Le travail très lent, très organisé et en même temps très gracieux de la préparation du thé a imposé un rythme oriental à tous nos gestes et a imprégné la pièce d'une douce atmosphère de sérénité zen.

Kero nous a proposé un bain, après le thé. Occupant toute la largeur de la pièce, la cuve fait, dans sa longueur, 3,50 m. Décoration stricte: un rouleau japonais et un arrangement floral près de la fenêtre. L'eau est brûlante.

J'entends frapper discrètement à la porte. Myriam Rosenberg entre, et je bascule, la tête la première, dans le trou noir des phantasmes les plus pervers auxquels aucun Nègre, à ce jour, n'a jamais osé rêver. Soyons clair: Myriam Rosenberg n'a rien, à première vue, pour provoquer un tel bouleversement chez un quelconque animal sexuel, mais, justement, à cause d'une telle discrétion, elle m'apparaît terriblement sensuelle.

Deux révélations. Gloria Mailer est beaucoup moins bien nue et Myriam Rosenberg est beaucoup mieux quand on peut au moins deviner ses formes. Je ne suis pas attiré par Norman Mailer. Disons que Myriam a de belles jambes (ce qui n'était pas prévu) et de merveilleux seins (je n'en demandais pas tant). DES CHOSES QU'ON NOUS AVAIT CACHÉES DEPUIS LA CRÉATION. Encore une fois, ce serait malhonnête de laisser croire une seconde de plus que Myriam Rosenberg, selon la coutume japonaise, est en train de prendre son bain nue. En fait, elle porte une robe de coton assez large dont la tendance (tendance Archimède) est de flotter. Si la robe flotte ainsi, il faut croire que la partie immergée du corps s'est complètement libérée de toute entrave.

Théorème: Tout corps plongé dans l'eau reçoit une décharge électrique égale à la somme de désirs circulant dans l'eau multipliée par le nombre de races (trois dans ce cas) et divisée par la somme de verges à froid présentes. POUR MA PART, JE BANDE À FAIRE SAUTER LE VOLTMÈTRE.

Ce serait encore malhonnête de laisser croire une seconde que Myriam Rosenberg a participé de quelque manière que ce soit à la vérification de ce théorème. Je l'ai expérimenté seul et à mes dépens.

Nouveau théorème: Tout corps en rut produit une charge électrique dix fois plus grande que sa production courante. On augmente cette puissance en plaçant sur son circuit une résistance quelconque. Dans le cas d'une juive orthodoxe, on estime la nouvelle puissance capable de causer mort d'homme. Myriam Rosenberg est une bonne conductrice de la chaleur animale.

Ciel clair, temps calme, pas de vent (c'est le temps qu'il a fait, le matin d'Hiroshima).

Je peux donc larguer la Bombe. Dieu! j'avais complètement oublié l'Ancien Testament. Ça regorge d'orgies, de bacchanales, de stupre et de luxure. Tous ces prophètes qui troussent à qui mieux mieux les vierges du temple, tous ces frères qui violent leurs sœurs, tous ces rois qui se nourrissent de pubères, j'avais oublié ce secret bien gardé: LE PEUPLE DE DIEU EST PLUS QUE TOUS LES AUTRES CELUI DE LA CHAIR. TOUTES LES SARAH, DÉBORAH, RACHEL, RUTH, ESTHER, SALOMÉ, AGAR, BETHSABÉE, THAMAR, MARIE, MYRIAM SAVAIENT FAIRE ÇA.

Je ne devrais pas le dire, mais cette révélation m'a touché à un point tel que, me tournant vers Myriam et voyant en elle une de ces filles de la Bible (mon premier livre érotique), il m'est arrivé cette chose incroyable, incroyable pour ceux qui n'ont pas la foi: j'ai eu l'orgasme le plus fécond, le plus enthousiasmant, le plus excitant et le plus glorieux que jamais bipède n'ait osé rêver depuis l'HOMO ÉRECTUS.

Harlem River Drive

TÔT LE MATIN, chez Basquiat, le téléphone sonne. Le téléphone se trouve au fond du couloir. Basquiat se lève lentement. La chambre baigne dans une pénombre.

Basquiat est nu. Il s'enroule dans un drap blanc avant de longer le couloir. Le téléphone a eu le temps de sonner une dizaine de fois.

— Quelle heure est-il?

— Cinq heures.

— Oh! merde.

Basquiat poursuit son chemin vers la cuisine. Il se prépare un déjeuner: œufs, bacon, petits pois. Il place deux verres sur la table et un pichet de jus d'orange. Tout se passe dans une atmosphère douce et ouatée de petit matin new-yorkais. Basquiat regarde par la fenêtre les voitures longer le Harlem River Drive.

Basquiat traîne toujours, enroulé autour de son corps, ce drap blanc avec de grandes plaques jaunes de sperme. Il essaie de s'en faire une toge romaine. Un pan du drap trempe dans le poêlon dans lequel il fait frire les œufs.

Basquiat achève de dresser la table. Une jeune femme nue (confondue avec la pénombre du couloir) se faufile jusqu'à la salle de bains. On entend tout de suite après couler l'eau du lavabo.

La table se trouve sous la fenêtre (versant est). Basquiat peut voir cet énorme placard publicitaire

(Oh, Calcutta!) représentant une femme de dos aux trois quarts nue, à côté d'une affiche des Témoins de Jéhovah annonçant pour très bientôt la FIN DU MONDE.

— Tu te lèves aussi tôt chaque matin?

— Pas chaque jour. Seulement quand j'ai à travailler.

— Et ça arrive souvent?

— Cinq à six fois par mois.

— C'est la fête, ton boulot?

— C'est pas facile.

— Tu appelles ça pas facile, Basquiat?

— Ce sont des journées de vingt-quatre heures, ce qui fait cent vingt heures par mois. C'est comme si je travaillais quatre heures par jour.

La fille applaudit.

— Malin, hein!

Elle referme la porte de la salle de bains. Immédiatement, on entend l'eau couler de nouveau. Pourquoi, dès qu'une fille ferme une porte de salle de bains, entend-on toujours l'eau couler?

Basquiat est assis à la table de cuisine et nettoie un appareil photographique. Il essuie minutieusement les lentilles, le boîtier. C'est un solide boîtier, fait d'un alliage d'aluminium et muni d'un obturateur métallique, avec une synchronisation/flash allant jusqu'à 1/90 de seconde. Il pèse exactement quatre cent soixante grammes. Basquiat est absorbé par son travail. Ses gestes sont à la fois secs et précis. La lumière naturelle de la pièce est très douce.

Basquiat regarde, par la fenêtre, l'affiche des Témoins de Jéhovah annonçant la FIN DU MONDE. Basquiat essaie de s'imaginer l'apocalypse à New York. Le char de feu frôlant les buildings de verre de

Manhattan. La pluie de sauterelles. Les ténèbres. Vraiment, il n'y a rien de pire qu'une grève de métro à New York.

Il y a pire: c'est de ne pas être connu. À New York, on est célèbre ou on n'est RIEN!

La jeune femme sort enfin de la salle de bains. On la voit de profil et un peu de dos. Elle porte, enroulée autour de sa taille, une serviette jaune.

— C'est gentil d'avoir préparé le déjeuner.

— C'est un déjeuner classique.

— J'aime l'école classique, Basquiat. Pourtant j'ai jamais pris un petit déjeuner classique. Qu'entends-tu par là?

— C'est le même déjeuner que des millions de gens prennent à New York en ce moment: œufs, bacon, jus d'orange et pain grillé.

— As-tu du fromage?

— Tu en trouveras dans le réfrigérateur.

La jeune femme se dirige vers le réfrigérateur, l'ouvre, prend le fromage et revient s'asseoir tranquillement.

Pendant quelques minutes, ils mangent en silence.

— Qu'est-ce que tu fais aujourd'hui, Suzanne?

— Quelques courses. Je rencontre Sandy en début d'après-midi et j'irai voir l'exposition de Van Der Zee, après.

— Tu ne jures que par ce type.

— T'inquiète pas, Basquiat. Tu as beaucoup de talent. Mais que veux-tu, tu n'es quand même pas un vieil homme qui vit tout seul dans un appartement avec, pour unique compagnon, son génie.

— Ah!... et qu'est-ce que je suis?

— Un jeune homme qui vit en ville, qui a un talent fou et qui en profite bien.

— Tu crois ça?

— Je t'ai entendu au téléphone tout à l'heure.

— Et alors?

— T'es pas mal occupé, ces temps-ci.

— C'est mon travail, ça. Je dois convaincre *Ebony* de me filer ce contrat.

— Et qui sont ces filles?

— Des mannequins. Je fais un truc avec elles pour *Ebony*.

— Il te faut uniquement des modèles exotiques?

— Qu'est-ce qui est exotique?

— Ce sont des Portoricaines.

— Dis pas de conneries, ça dépend uniquement de mes acheteurs. Pour *Ebony*, c'est préférable d'être noire ou métisse.

— Je te crois, mais reste que tu favorises les mannequins noirs.

— Que veux-tu que je te dise, c'est la jungle. Si je ne délimite pas mon terrain, je n'ai aucune chance.

— Je ne te crois pas. Tu as assez de talent pour dépasser ça.

— C'est vrai. Seulement, les autres, les acheteurs, ne le savent pas encore. Un photographe noir doit débuter avec des mannequins noirs, il n'y a pas à sortir de là.

— Justement, il faut en sortir.

— Écoute, Suzanne, c'est pas simple, alors ne simplifie pas, s'il te plaît. Il me faut *Ebony* d'abord. Et ensuite, *Vogue*.

— Ne tarde pas trop.

— Ne t'inquiète pas, ça viendra...

Ils achèvent de manger en silence. Des miettes de pain sur la nappe. Le soleil (comme un projecteur) éclaire l'affiche des Témoins de Jéhovah. C'est l'heure des reproches.

— Tu n'es jamais venu à aucune de mes expositions.

— Je ne suis jamais à New York, Suzanne, quand tu fais tes trucs.

— Tu seras à New York, le 20?

— Le 20, c'est après-demain. Alors, promis.

— Oh! faut que je file.

Elle l'embrasse. Il reçoit le baiser distraitement.

Basquiat s'enferme dans la chambre noire. Suzanne a laissé la porte ouverte derrière elle. Elle croise les jeunes filles dans l'escalier. Sophia traîne un gros sac vert. Sophia et Una entrent et vont directement dans la grande pièce. C'est une salle presque nue avec deux projecteurs et un appareil photographique sur trépied placé dans un angle de la pièce. Le plancher de bois clair. Una en profite pour faire ses exercices de yoga. Son corps est légèrement en sueur.

Ensuite, elles attendent Basquiat. Le téléphone a sonné une dizaine de fois avant que quelqu'un ne se décide à répondre. C'est la consigne.

Une fenêtre sur Frisco

J'AIME LIRE LE TAO TO KING à mon réveil. Je peux passer des heures comme ça à flotter doucement. Je regarde du coin de l'œil les progrès du rayon de soleil sur le plancher.

La Bombe, c'est un rêve d'enfance. J'ai été un enfant heureux. Et pourtant je n'ai jamais cessé de penser à ça. La mort. Puis plus rien. Il y eut un matin et il n'y eut plus jamais de soir.

La fille qui vient de me parler au téléphone s'appelle Melody. Melody est assise sur un coussin, juste en face de moi. Elle a un air qui respire la fraîcheur, elle est vive et intelligente. Donc si Melody transpire la fraîcheur, si elle paraît vive et intelligente, c'est bien parce qu'elle est fraîche, vive et intelligente. Les apparences ne m'ont jamais trompé.

Melody s'est levée pour aller à la fenêtre. Pourquoi est-elle habillée de cette façon, en noir et blanc? Noir sur blanc fait bloir. Ce n'est pas gai gai au départ, mais c'est toujours follement élégant. J'aime. Jupon en jersey et T-shirt en satin de coton. Melody est terriblement excitante. Bronzée. Elle a mis un disque de Bob Marley (Zion Train) avant de me rejoindre.

— Et toi?
— Moi!
— Qu'est-ce que tu fais dans la vie?
— Rien.
— Rien quoi?
— Rien de précis.

— Par exemple?

— J'attends.

— Tu attends quoi?

— J'attends. On ne peut pas savoir avant.

Je ne pouvais espérer un meilleur réveil. Melody s'est placée devant la fenêtre. Sur la pointe des pieds. J'imagine qu'elle essaie de voir le trottoir d'en face. Du lit, j'ai une de ces vues. Vue de dos, Melody vaut le voyage. Melody, dans l'encadrement de la fenêtre, au milieu de cette lumière éblouissante des toiles de Renoir.

— C'est assez bizarre!

— Qu'est-ce qui est bizarre?

— C'est la première fois que je suis dans la même pièce qu'un Noir.

Elle parle sans quitter la fenêtre et sans se retourner.

— Oh! n'allez pas croire que...

— Je ne crois rien du tout.

— C'était juste une constatation.

— Qu'est-ce que ça te fait?

— Tout drôle. Je n'aime pas ça.

— Ah!...

— Je n'aime pas que j'aime tant ça.

Plus tard, elle me dit brutalement:

— Je veux faire l'amour.

Elle n'a pas dit: je veux faire l'amour avec toi, mais simplement je veux faire l'amour. Faire l'amour. *Making love.* Comment dit-on ça avec l'accent de Frisco?

Melody a fait exactement douze pas pour arriver à mon lit. Elle y est montée tout habillée, avec ses chaussures vertes. Le corps svelte, dur, chaud. Un coup bronzé. Quand elle est repartie, Marley chantait: «No woman no cry».

On court après moi sur la planète

J'AI DÉCOUVERT LA BOMBE en même temps que le Sexe. J'avais tout de suite compris que les deux généraient la MORT. La Bombe, c'est la mort collective, démocratique, égalitaire. Et puis le Sexe, c'est la mort individuelle, élitiste, aristocratique. La Bombe, c'est la mort dans un éclair. Le Sexe, la mort à petit feu. L'orgasme est également bref. Le Temps, affirme Borgès, est une convention.

J'ai découvert le Sexe (ou le Désir) à sept ans sous les traits de Rita Hayworth. Ah! qu'elle était jolie, la Mort! Je n'ai pas arrêté depuis, et il m'a fallu vingt-cinq ans (et la mort de Rita) pour comprendre que c'était une Bombe à retardement. Tu peux te cacher n'importe où sur cette satanée planète, il y aura toujours (comme le feu au cul) la menace de la Bombe. Et pour attendre cette saloperie de Bombe, rien de moins que le sexe. Heureusement que nous sommes un peu plus que cinq milliards répartis un peu partout sur la planète. Alors, c'est quand tu veux, ma vieille.

Vague sourire d'un chat chinois

J'ai l'habitude d'aller regarder les visages des gens dans le métro. Ce n'est pas recommandé. Les gens ressemblent drôlement à des oiseaux, des tortues, des singes, des hiboux. Jamais des aigles. Si, un seul. Une seule fois. Et je ne l'ai vu qu'une seconde ou deux. Il entrait dans le train au moment où je sortais. Un aigle. Un vrai. Bec et griffes, œil rond et regard qui plane. Je ne connais que très peu de contemporains à qui j'aimerais ressembler. Lui, oui. Un œil hautain et carnivore. Vivre là-haut. Très haut. Et descendre quelques fois en vol plané parmi eux. Me nourrir de leur chair. Piquer dans la foule mon souper, aussi simplement que ça. Et remonter, au soleil couchant, vers la plus haute solitude.

Berri-de-Montigny. J'entre dans la station. Je regarde. Je cherche ma direction. Tout est bien éclairé. Direction Atwater. Je descends un étage plus bas. Je n'attends pas longtemps. Le train arrive dans un sifflement de métal. Les portes s'ouvrent. J'entre. Elles se ferment. Je suis dans un autre monde. Je regarde mes voisins. Avez-vous déjà regardé un visage humain? La peau, le grain de la peau, les os sous la peau. Les poils (cils, moustache, barbe). Les trous (yeux, nez, bouche). Les dents, les lèvres, le menton. Drôlement faits, les humains. Tout ça terne ou vivant, frémissant ou épuisé, lisse ou granuleux, frais ou en sueur. Je m'installe dans un coin et j'observe. J'apporte toujours un calepin avec moi. Je note les gestes naturels, des bouts de dialogues (je peux suivre trois ou quatre dialogues à la fois), les visages perdus dans des monologues intérieurs. Je note. Des traits hachurés, rapides, presque des flashes. Le train bouge. Avec nous dans son ventre. Un bref voyage de quarante-cinq secondes pour ceux qui descendent au prochain arrêt. Faut dire que quarante-cinq secondes, c'est amplement suffisant pour faire sauter tout ça.

Saint-Laurent. Très peu de gens entrent. Plusieurs en sortent. Quartier populaire. Marchés. Poissonneries, boucheries, épiceries. Station Soleil. Beaucoup d'immigrants. Bonheur d'entendre toute sorte d'accents. Je ferme les yeux et je fais un voyage éclair dans une multitude de pays.

Place-des-Arts. Pourquoi est-ce que je prends toutes ces notes? Parce que je sais que c'est la fin. Je suis un amateur. Une sorte de notaire. Je suis chargé de faire l'inventaire des êtres et des choses. Pour faire des réclamations quand ils auront fait sauter la planète. Dans ce cas, il faut tout noter. Tout est précieux. La haine est aussi précieuse que l'amour. Le bien est égal au mal. Tout nous appartient. À qui penses-tu qu'il faudra adresser ces réclamations?

McGill. Elle porte un T-shirt aux couleurs de l'Université McGill. Longue, les yeux bridés et le regard tourné vers l'intérieur. Le genre de fille à s'appeler Lo. Lo est entrée dans le train et a trouvé une place libre en face de moi. Je n'en demandais pas tant. Pourquoi les Asiatiques m'intéressent-ils autant? Parce que c'est loin, l'Asie. Lo est assise sagement, le visage tourné vers la Chine. Je voudrais être Mao. Elle me jette un regard, style Bande-des-Quatre. Je n'ai pas insisté.

Peel. Je ne vous l'ai pas dit: la clientèle a changé. Ça sent le Dior. Les femmes de quarante-cinq ans vont prendre d'assaut les parfumeries des grands magasins. Lo n'a pas bougé. L'Asie est un continent stable. Enfin, était stable.

Guy. Lo a bougé. Le monde tremble. Je ne perds aucun de ses gestes. Gestes en accord avec l'une des plus vieilles aristocraties de la terre. Elle sort un livre. Je me penche légèrement pour pouvoir lire son titre. C'est un bouquin de Mandiargues. *La Motocyclette* de Mandiargues. Éros dans le train.

Atwater. Elle descend. Je descends. Moment crucial pour l'humanité. Flottement. La foule nous happe. Seconde déchirante. Juste au moment de se perdre, elle se retourne et me fait un vague sourire. Un sourire de l'autre côté des choses. Un sourire de fin du monde. Comme le sourire de la Joconde qui annonçait les temps modernes et la Bombe. Regardez bien Mona et vous sentirez le choc d'Hiroshima. Tout ça n'aura duré que cent vingt-huit secondes (depuis le moment où Lo est entrée dans le train jusqu'à ce sourire). TOUT DISPARAÎTRA.

Pékin sans fin

CHAPSAL: Vous avez l'air d'envisager que tout va s'achever dans une espèce d'éclatement?

CÉLINE: Pas besoin! Les Chinois n'ont qu'à avancer, l'arme à la bretelle. Ils ont pour eux l'hydra viva, la natalité. Vous disparaissez, vous, race blanche. Dans le monde Jaune, tout le monde disparaît, anthropologiquement. C'est comme ça! C'est le Jaune qui est l'aubépine de la race. Tout ça, ce sont des fluorescences adventices. Mais le fond est jaune. Ce n'est pas une couleur, le blanc, c'est un fond de teint! La vraie couleur, c'est le jaune... Le Jaune a toutes les qualités pour devenir le roi de la Terre.

(Entrevue accordée par l'écrivain Céline à Madeleine Chapsal. *Envoyez la petite musique,* Figures/Grasset.)

Berlin au crépuscule

Une jeune Allemande endormie dans une chambre d'hôtel, à Berlin. À côté d'elle, un Nègre qui la regarde. On entend à peine le bruit mou des voitures sur le Hohenzollerndamm légèrement mouillé. Temps gris.

Nez. Un long nez aux ailes diaphanes. Respiration à peine audible. Veines microscopiques.

Bouche. Bouche serrée jusqu'à perte de conscience. Elle veut garder son secret même dans le sommeil. Angoisse. Désespoir. Détresse. Avaler sa salive avant de dire n'importe quoi en présence de n'importe quel étranger. Parole allemande. Parole lourde de sens. Drame.

Menton germanique. Aucune particularité. Si, en parallèle avec l'Angleterre. L'Anglais lève le nez en signe de supériorité. C'est le lord. L'Allemand lève le menton. Le militaire. Les militaires font grand cas du menton.

Gorge de walkyrie. Souffle profond. Capable de soutenir Wagner. Gorge blanche. Rêve de vampire.

Seins de nageuse. Vingt fois le tour de la piscine de l'hôtel chaque matin. Je m'y suis rendu une seule fois. Failli crever. Autonome-métronome, elle continuait. Contre qui? Son ombre. Dieu. Ou notre pauvre limite humaine. Qu'est-ce qu'elle trouve que j'ignore dans cet acharnement?

Ventre fragile. C'est là qu'elle encaisse. Elle a de terribles coliques. Là, c'est comme des lames de rasoir.

Elle me montre son ventre lisse, blanc avec ce léger duvet blond. Naturellement, aucune plainte ne traverse ses lèvres serrées. Seul son front est en sueur. De fines gouttelettes.

Ne point crier.

Ne rien manger.

Ne rien ressentir.

Être indifférente à tout.

Je suis debout près de la fenêtre. Avec le sentiment de contempler «La Jeune Vierge» de la mythologie allemande. Couchée, là.

Luxe. Cette jeune Européenne sans amarres, abstraite, autonome, peut-elle deviner ce qui chemine dans ma tête?

Jusqu'où peut-elle aller sans crier? Chose belle et étrange, cette tête sereine, blonde et endormie.

Odeur: la mort.

Rome aux doigts de pluie

MORAVIA A DES MAINS d'étrangleur.

Nous sommes assis à la terrasse d'un petit café que fréquente Moravia depuis trente ans. Il pleut sur Rome. Une petite pluie fine et oblique.

— Je suis venu vous parler du sexe et de la mort.

— Ça fait cinquante ans que tout le monde se croit obligé de me parler de ça.

— Je sais. Toute votre œuvre tourne autour de ce thème.

— Pourquoi moi? Tous, ils ne parlent que de ça. Miller, de quoi pensez-vous qu'il parle? Fellini, hein! Antonioni. Cavafy. Gombrowicz. Et même le timide Pasolini.

— Pasolini. Timide!!!

— À vous aussi, il fait peur.

Moravia a l'air détendu. Des gouttes de pluie arrivent jusqu'à notre table. Des couples passent sous des parapluies multicolores. C'est une belle journée romaine.

— Vous en parlez d'une façon particulière.

— De quelle façon particulière? Tout le monde en parle d'une façon particulière! Alors que la mort et le sexe ne changent pas, eux. On essaie d'être original. Ce n'est pas un compliment, vous savez.

— Vous voulez un compliment?

Moravia éclate d'un rire rauque. Son rire a attiré le garçon à notre table. Moravia commande pour lui et pour moi. Il a l'habitude de recevoir. Rome, c'est chez lui. Les gens ont leur tanière, comme ça. New York est à Mailer. Montréal, à Miron. Paris, à Sollers. Berlin, à Grass. Rome est à Moravia.

—Je veux dire que les gens en ont fait des tabous, alors que vous en parlez ouvertement.

—Vous écoutez trop les intellectuels. Allez dans la rue. On ne parle que de ça. Baise et mort.

—Peut-être, mais on ne parle pas de la Bombe.

—Vous avez raison, dit Moravia gravement.

—Je sais que la Bombe est une de vos obsessions.

—Je ne pense qu'à ça depuis vingt ans.

—Elle est là depuis plus longtemps que ça.

—Oui, mais ça m'a pris vingt ans pour le réaliser.

—Donc la mort n'est pas un fait banal pour vous?

—Quotidien, mais pas banal. Le sexe? Je ne sais pas. Vous savez, le sexe, ça va bien plus loin que la mort.

—Et l'orgasme?

—Très peu pour moi. Ce qui m'intéresse, c'est de regarder.

—Vous êtes voyeur?

—Vous connaissez l'histoire du roi qui regarde son courtisan en train de regarder la reine?

—Pourquoi est-ce mieux de regarder?

—Le sexe et le cerveau, fiston.

—Alors?

—La Bombe à neurones.

Moravia a des mains d'étrangleur. Il pleut sur Rome. Une petite pluie fine et oblique.

San Juan par le trou de la serrure

ÇA S'EST PASSÉ DANS LES TOILETTES de l'aéroport international de Porto Rico (à une heure creuse). J'étais en transit et j'attendais mon avion qui avait déjà une bonne demi-heure de retard. J'attendais dans les toilettes. TOILETTES POUR DAMES. Je m'étais trompé de porte. Vous ne me croyez pas? Alors, pensez ce que vous voulez! J'étais donc assis sur le bol de toilette à méditer depuis un bon quart d'heure quand deux filles poussent la porte en même temps.

L'une, grande (1,90 m), visage long, joues creuses, pommettes saillantes, grands yeux et une tonne de cheveux noirs (type indien). C'est Chevelure Noire.

L'autre, petite (pas trop), légèrement grassouillette, fesses rondes, bouche rose. C'est Peau Douce.

— C'est incroyable, dit Peau Douce, le nombre de filles qui me draguent ce soir.

— Et ça te plaît, lui demande doucement Chevelure Noire?

— Non, dit Peau Douce, les femmes ne m'intéressent pas.

Et elle éclate de rire.

— On ne dirait pas.

— Ah! tu me vois lesbienne, toi!

— Je ne sais pas, répond Chevelure Noire.

Peau Douce sort un bâton de rouge à lèvres d'un minuscule sac en cuir ouvragé *made in Mexico*. Elles portent des uniformes de vendeuses et travaillent toutes deux à l'aéroport, dans ces minuscules boutiques de souvenirs.

— T'aimes bien te faire belle, dit Chevelure Noire.

— Quand ça me tente.

— Et ça te va aussi.

— Ah! merci.

— Tu devrais te mettre plutôt un p'tit fond de teint rose, ici.

— Oh! tu sais, je ne me maquille pas vraiment. Je n'arrive qu'à me barbouiller le visage.

— Laisse-moi donc faire alors, dit Chevelure Noire.

Peau Douce est prise, tout d'un coup, d'un fou rire.

— Si t'arrêtes pas, je n'arriverai à rien.

— O.K., dit Peau Douce en prenant un petit air sérieux.

Chevelure Noire travaille avec précision. Le crayon, dans sa main, est un véritable scalpel.

— C'est la première fois que je suis si bien maquillée, dit Peau Douce.

— Facile. C'est mon métier.

— Ah oui!

— Je travaille dans un studio près d'ici.

— N'empêche, je suis bien maquillée.

Peau Douce ouvre le robinet du lavabo pour se laver les mains. Chevelure Noire se brosse vigoureusement les cheveux.

— T'as de beaux cheveux!

Chevelure Noire s'approche de Peau Douce, les yeux remplis de nuit.

— T'as une belle peau, lui dit-elle dans un même souffle.

Chevelure Noire remonte doucement les cheveux de Peau Douce pour lui dégager le cou.

— Mhummmm…

Chevelure Noire se penche sur Peau Douce et lui suce chaque millimètre du cou. Peau Douce ne bouge pas. Chevelure Noire lui caresse la nuque. Peau Douce a, depuis longtemps, arrêté de respirer. Chevelure Noire lui déboutonne calmement le corsage pendant que sa bouche carnivore descend du cou jusqu'aux petits seins qu'elle n'arrête pas de sucer à travers le tissu soyeux du soutien-gorge. Peau Douce halète. Chevelure Noire remonte sa langue jusqu'à l'oreille gauche de Peau Douce. Un violent baiser. Elle presse en même temps son corps osseux contre Peau Douce tout en lui caressant les seins. Sans jamais lui retirer tout à fait la langue de sa bouche, Chevelure Noire lui caresse tout le corps. Peau Douce se presse contre elle. Chevelure Noire la pousse alors vers une porte ouverte.

L'image est coupée, mais je peux encore capter le son.

— C'est la première fois qu'une femme te caresse?

J'entends à peine la réponse de Peau Douce.

— Ouvre tes jambes.

L'ordre a claqué comme un coup de fouet. Je parie qu'on est en train d'enlever une jupe, à côté. Sous la cloison, je vois deux chaussures s'écarter.

— Caresse-moi encore les seins, dit Peau Douce.

— Je veux que tu me fasses jouir, toi.

C'est Chevelure Noire qui a parlé.

—Tu veux quoi? lui demande Peau Douce.

— Prends-moi.

Chevelure Noire a l'habitude de prendre. La voilà prise.

— Je viens.

— Vas-y, dit tranquillement Peau Douce.

J'entends tout. Le moindre mouvement.

La plus allusive caresse. Chevelure Noire frissonne. Son désir crisse sous la caresse. Soudain quelqu'un entre. Le cri reste suspendu. Un temps mort. Je n'entends plus rien. Dure décontraction. Puis un sifflement. Peau Douce sort la première.

Je note dans mon carnet: «CHERCHER LA BOMBE.»

Tombe, Bombe!

BAYON: Ne croyez-vous pas qu'il existe une sorte d'extase provoquée par le mal? Songez à Oppenheimer lorsqu'il a testé la Bombe pour la première fois à Los Alamos. Il savait que c'était le début de la fin et il est quand même allé de l'avant. Après cela, il est devenu fou. Et il a été tellement effrayé que…

SELBY: … il a refusé de travailler à la mise au point de la Bombe thermonucléaire. À ce propos, il y a quelque chose qui est complètement dingue… Avant de faire exploser la Bombe, ils ne savaient pas ce qui allait se produire! Scientifiquement parlant, il y avait une possibilité pour que l'explosion déclenche une réaction en chaîne qui pouvait tout détruire. Et ils ont dit: «Nous allons courir le risque.» Vous savez, quand l'homme commence à jouer avec des choses qu'il ne connaît pas, en croyant qu'il a le droit de le faire et en oubliant ses responsabilités vis-à-vis de l'univers tout entier, alors nous sommes mal partis. C'est quand même incroyable, non? «Nous allons courir le risque!»… (Il s'écroule de rire).

(Entrevue accordée par l'écrivain américain Hubert Selby Jr dans une chambre minable de Los Angeles. Bayon, *Selby de Brooklyn*, Christian Bourgois Éditeur.)

Un paysage du Douanier Rousseau
retouché par V.S. Naipaul

1. CHOUPETTE SAUPOUDRE son chicken basquet de ketchup, de sel fin ou de poivre et l'asperge d'eau de vinaigre. Marie-Flore scrute encore la carte. Le serveur nº 7 s'impatiente et part finalement prendre la commande qui attendait sur le comptoir de la cuisine.

Marie-Erna et Michaelle filent vers les toilettes. Marie-Flore attrape le nº 7 au vol et fait venir du poisson et de la salade. Pasqualine achève son rhum-sur-glace et commande un strawberry. Le soleil pénètre de toutes parts au National Bar. Les vitres sont brûlantes. D'autres filles arrivent et se dirigent directement vers le fond.

2. La vieille Buick 57 pointe son cul devant la boucherie Oso Blanco pour se ranger dans le parking du National Bar. Naipaul file au Food Store s'acheter une pierre à briquet. Le type au nez rouge et boutonneux de la caisse lui conseille de descendre à Little Europe. Naipaul traverse la rue, jette un rapide coup d'œil vers la Buick étincelante au soleil et pousse la porte vitrée du National Bar. Le nº 9 abaisse, au même moment, deux stores pour régler l'entrée d'ombre et de soleil dans la pièce.

3. Le groupe change de table pour s'installer en plein soleil. Marie-Erna et Michaelle sortent des toilettes avec, chacune, un *chou-black* au coin de

l'oreille. Leurs cheveux ruisselant d'eau de réglisse et peignés à la garçonne, avec une raie au milieu. Marie-Flore vide d'un trait son orangeade et pêche la cerise, au fond du verre, avec une tige jaune en plastique. Marie-Erna regarde distraitement le mode d'emploi sur la bouteille de pommade avant de la glisser dans son sac. «POUR CONSERVER DES CHEVEUX JEUNES ET ÉCLATANTS, PRENEZ UN PEU DE MOELLE DE BŒUF QUE VOUS RÉPARTIREZ SUR VOS MAINS ET PROCÉDEZ À UN LÉGER MASSAGE DU CUIR CHEVELU AINSI QU'À L'IMPRÉGNATION DE LA POINTE DES CHEVEUX.» Michaelle secoue vigoureusement sa tête, et des gouttelettes volent partout.

4. Naipaul s'assoit à une table d'où il peut voir facilement la Buick. La masse noire étalée de la vieille Buick comme une flaque d'encre de chine sur l'asphalte brûlant. Naipaul étudie minutieusement la carte et finit par faire son choix.

5. Marie-Flore change de place avec Marie-Erna pour être plus proche de Naipaul et Michaelle prend la place de Pasqualine pour se mettre à côté de Marie-Erna. Marie-Flore fouille dans son sac pour chercher une cigarette, et Naipaul l'allume. Choupette se tortille sur sa chaise en regardant sa montre. Le n° 7 ramasse les verres vides, essuie la table et change le cendrier. Les filles se lèvent d'un bond. Marie-Flore règle l'addition à la caisse. Choupette glisse un pourboire au n° 7.

6. La vieille Buick respire fortement à l'odeur des filles. Choupette allume la radio. Naipaul tourne

au coin de la Firestone et descend la rue Pavée. L'asphalte fume. Naipaul s'arrête au coin pour s'acheter un Alka-Seltzer. Marie-Erna rit derrière avec deux types dans une Subaru jaune. Michaelle passe sa tête par la fenêtre de la portière pour respirer le vent chaud de midi.

La Buick s'enfonce dans l'après-midi. Un petit garçon à la peau luisante bombarde d'eau sa petite sœur. Des gouttes de sueur perlent le long de l'échine de Pasqualine.

La Buick s'arrête d'elle-même au coin de la Station Shell. Les filles se ruent dans un bar à côté. Naipaul verse un seau d'eau dans la gueule rouge de soif de la Buick et asperge longuement les roues. Les filles arrivent avec des boissons gazeuses. Pasqualine file plonger sa tête dans le réservoir d'eau de la station d'essence. Le pompiste fait un clin d'œil à Naipaul: «C'est dans la poche, vieux.» Il fait 90 degrés à l'ombre.

7. La Buick tourne au coin de la Nova Scotia Bank et s'arrête devant Anson Music Center. Les filles descendent promptement de la voiture en claquant la porte. Le corps maigre de Pasqualine éjectée par la portière ondule dans une minuscule robe verte à peine plus grande qu'un mouchoir. Juchée sur des échasses noires, elle traverse la chaussée brûlante. Marie-Flore se retourne un quart de tour en poussant la Porte tambour et fait un sale clin d'œil à Naipaul. Un immense poster représentant une paire de fesses nues dévorant un énorme hamburger qui dégouline de ketchup au-dessus d'un aquarium de poissons rouges. Le dernier disque de Volo Volo joue à pleins tubes le succès de

l'été. L'aiguille glisse sur un grain de poussière. Une fille *cool* avec un superafro balance ses fesses moulées dans un jean. L'air conditionné rafraîchit les corps en nage. L'atmosphère sombre et douce d'une pièce d'eau. Pasqualine s'allume une cigarette et relaxe, s.v.p. *baby*. Un type en T-shirt pop explose tout au fond sur un disque des Skah Shah. Marie-Flore glisse dans son sac un peigne nacré. Deux filles entrent et sortent avec trois disques de Bossa Combo. Marie-Erna jette subtilement dans son sac un flacon de Vo5 pour cheveux gras. Choupette veut faire jouer un nouveau disque. Les filles crient en hurlant de laisser aller Tabou et elles s'éparpillent quand Pasqualine sort un vieux disque de Gary French.

8. Silence. Naipaul, seul dans la Buick, monte toutes les vitres. Les camionnettes passent dans un bruit mou de fumier. Paysage enfumé, noyé sous une teinte métallique. Naipaul sort son calepin et note quelques flashes pour son reportage. Il fait un papier *hot* pour le magazine *Rolling Stone*. Un truc sur Port-au-Prince. Naipaul en sueur. Il commence à sentir cette ville foldingue. Un type avec une dizaine de montres autour de son bras crie quelque chose à Naipaul en levant le poignet. Une main noueuse de femme traîne un petit garçon habillé dans un costume de marin neuf. Plan gauche sur Bazar La Poste: un goulot de bouteille de cola, entre des lèvres lippues et des dents blanches ivoire, laisse couler un liquide rosâtre. Une petite fille plaque son visage contre la vitre chaude. Une hanche avec ceinture de chair brûlée passe dans le champ. Au ralenti: gorge rouge de poisson de grands fonds aspirant sa nourriture. Zoom

sur main baladeuse se fermant sur une paire de boucles d'oreille. Plan intérieur: Naipaul se noie dans sa sueur, et les grains de poussière glissent sur les vitres en flonflons de soie liquide, en dégoulinades rougeâtres et en sarabande d'ectoplasmes déchirant la rétine de l'œil.

9. Lumière rouge. Sur la longueur d'un pâté de maison entre les rues Pavée et Des Césars, quatre rangées d'automobiles attendent au croisement, pare-chocs contre feux arrière. Les moteurs ronflent, les tubes suintent. Buick et Chrysler américaines. Peugeot et Citroën françaises. Toyota et Datsun japonaises.

Lumière verte. Les moteurs s'affolent. Les leviers grincent en première vitesse. Les autos s'espacent entre les magasins, la foule et les couleurs vives des affiches.

Dans un moment, toutes ces bagnoles crevassées, repeintes, vont se diluer dans Port-au-Prince, la ville étagée sur ses quinze collines (Saint-Martin, Sans Fil, Bel Air, Canapé Vert, Bourdon, Fort National, Saint-Gérard, Turgeau, Pacot, Morne-à-Tuf, Poste-Marchand, Nazon, Bois Verna, Bolosse, Nelhio) avec ses taxis fourmis qui escaladent les rues monte-au-ciel.

La vieille Buick ralentit devant le marché en fer, tourne au coin du vieux terrain d'aviation avant de filer droit vers un motel climatisé de Delmas.

10. Le corps ficelé dur de Pasqualine debout sur la pointe des pieds coupant la lumière crue dans une métallique dureté. Le torse arqué fléchit à l'aine. La nette épure des cuisses graciles.

Marie-Erna feuillette des romans-photos sur le divan. Marie-Flore marche pieds nus sur le ciment frais et elle pose sa joue contre la vitre de la fenêtre.

La pièce est éclairée de la fenêtre. Le rayon de soleil divise la chambre en deux pénombres moites.

Michaelle brosse les cheveux soyeux de Pasqualine devant un grand miroir ovale. Choupette file chez Le Chinois et revient avec du riz-poulet dans des assiettes en carton et des bouteilles de coke.

11. Michaelle caresse la nuque de Pasqualine et l'embrasse légèrement au cou. Elle lui frotte ensuite le dos avec de l'eau de Cologne. Vent de fraîcheur. Et lui masse le visage avec de la crème Nivéa (contre le teint brouillé de peau à tendance sèche) et de l'émulsion à la malvidine.

Pasqualine trouve un vieux rasoir, s'assoit sur le tabouret et ramène doucement une jambe sur la coiffeuse. Elle courbe l'échine. Le rasoir remonte lentement vers l'entrecuisse. Pasqualine s'épile complètement la jambe, la bassine avec de l'alcool à 60 degrés, se soulève légèrement pour déposer l'autre jambe sur la coiffeuse.

Michaelle lui caresse un moment la jambe bien galbée allongée sur le bois clair. Le tranchant du rasoir fait un bruit métallique.

12. Pasqualine se tortille dans une méringue de sang. Suées livides aux poreuses voilures de la peau. Cou gonflé comme un saxo de jazz. Artères stellaires. Yeux couperosés. Lacération tamisée.

Marie-Erna mitraille Pasqualine dans tous les sens avec une vieille Nikon. Les flashes éclairent un corps luisant.

13. Naipaul regarde. Le dos noir de la blatte comme un tesson de verre sombre. Ses fines antennes bougent sans arrêt. Le pied de Naipaul l'écrase et elle vomit une matière blanchâtre.

14. Le soleil s'est retiré complètement de la pièce. Des bruits sourds parviennent encore de la rue. Un vent léger chasse l'odeur sure du riz-poulet.

Choupette, légère, traverse la chambre en s'essuyant avec un Kleenex imbibé de coke et s'allume une cigarette qu'elle aspire lentement. La pièce en pleine noirceur (fenêtre fermée) tangue comme un bateau dans un rêve d'enfant pervers. Les chiures de mouches glissent en grosses chéchias molles sur du papier à mouches. Le bout rouge de la cigarette grésille à la face de Choupette comme une plaque de magnésium.

15. La Sainte Nuit se pose sur la ville. Un soleil drogué titube dans le Golfe. La Buick remonte ventre à terre une petite colline de terre ocre. Plein volume sur le tube des Scorpio (le dernier groupe de l'été). Les filles se maquillent dans le rétroviseur. La Buick prend le tournant au coin de Chez Maxime. Les filles rient derrière en s'aspergeant de parfum et de poudre. Naipaul se retourne et reçoit un plumeau dans les yeux. Les filles continuent à rire. La Buick (une masse oblongue noire) file. On n'a pas de destination. Ça roule, *cool*, vers l'Apocalypse.

L'Apocalypse n'est qu'un mauvais
moment à passer

LE 6 AOÛT 1945, à 8 h 15 du matin, la Bombe H explose à cinq cent dix mètres d'altitude au centre d'Hiroshima. Cette Bombe, nommée «Little Boy», mesure trois mètres et pèse quatre tonnes. Tous les êtres vivants se trouvant à cinq cents mètres du point d'impact de l'explosion sont tués instantanément, ainsi que 60 % de ceux se trouvant à moins de deux mille mètres de l'épicentre. Alors, qu'est-ce qui m'a amené à Hiroshima? Je ne veux pas affecter une modestie telle qu'elle me fasse prétendre ne rien avoir à dire sur Hiroshima. Quand j'essaie de me demander ce qui m'a poussé à visiter Hiroshima, je crois que c'est à la face cachée, sombre, de mon esprit, que je le dois, à mon égoïsme d'artiste. Pourrais-je même communier avec les souffrances des victimes, qu'en serait-il du résultat? Tout ce que je perçois, c'est le profond fossé qui existe entre les victimes de cette Bombe atomique et les gens ordinaires. Il me faut reconnaître que cette collection de photographies ne suffit pas à combler ce fossé. Me reste-t-il encore quelque chose à faire à ce propos, sinon admettre la honte de mon point de vue d'artiste.

HIROMI TSUCHIDA,
photographe japonais

Éroshima

JE NE M'INTÉRESSE QU'AUX CLICHÉS, et le premier cliché sur le Japon, c'est l'érotisme. Je suis tombé amoureux fou d'une Japonaise à douze ans. Une estampe de Hokusai (je crois). Une longue jeune fille avec des yeux à l'horizontale. Plus tard, j'ai vu d'autres estampes avec une charge plus violente. Des corps contorsionnés. Ce qui est curieux, c'est que ça m'a fait rire. Les hommes gardaient un visage dur, le geste sauvage (la tête vivement tournée vers l'arrière), mais le pénis long, raide et d'aspect terriblement guerrier. Les femmes prenaient des positions difficiles: le vagin béant, les jambes violemment écartées et le visage de madone (un air de n'être pas tout à fait là).

> Le châle de la fillette
> trop bas sur les yeux
> Un charme fou.
> BUSON

Par contre, l'élégance suprême pour moi est nippone. Les vêtements des femmes. Surtout les tissus. Et bien sûr les pieds (que je devine). Là, je ne parle pas des Japonaises modernes. Les filles que je rencontre à Toronto ou à New York ont une ligne différente, plus libre, plus occidentale. On me dit qu'à Tokyo, c'est pareil. Le Japon s'est américanisé. Du moins, la nouvelle génération. Celle de l'électronique. Le Japon en jean.

> Sur les fleurs de lotus
> Pisser
> O- Shari.

Shikô

C'est Malraux, une fois, qui parlait du jardin-sec. Il n'y avait aucune illustration, et j'ai passé des nuits à essayer de comprendre ça. Je suis né dans un coin de végétation luxuriante qui n'a rien à voir avec l'expression jardin-sec. Finalement, je me suis dit que c'était sûrement une de ces formules à la Malraux. Très Malraux: mettre dans la même valise ces deux termes opposés. Et un jour, comme ça, je suis tombé sur un vrai jardin-sec. Deux moines en train de ratisser un carré de sable avec quelques pierres, et j'ai trouvé ça reposant. Un peu comme la mort pourrait l'être.

> Sur la cloche du temple
> Un papillon dort
> profondément.

Buson

Ni Mishima, ni Kawabata. Le maître, c'est Tanizaki. J'ai lu deux de ses romans: *Journal d'un vieux fou* et *Confession impudique*. Tanizaki me plaît parce qu'il parle de Tokyo, d'Alain Delon, de la cuisine française, d'un boxeur noir, de la photographie, de la pornographie, tout cela avec une distance implacable. Presque avec dédain. Et pourtant Tanizaki ne suggère aucun cynisme chez le lecteur. C'est sans intelligence. C'est-à-dire sans aucune complicité avec le lecteur. Un constat froid. Une tragédie sans les cris.

Pluie fine de printemps
une fille apprend
au chat la danse.

ISSA

L'architecture: légèreté de la structure et cloisonnement mobile. Et surtout la lumière naturelle. C'est mon rêve le plus obsédant: vivre dans une maison japonaise. Circuler en chaussettes. Ils ne marchent pas. Ils glissent comme des cloisons.

Sur le ruisseau
elle court après son reflet
la libellule.

CHIYO-NI

À Manhattan, j'ai vu des Japonais en train de photographier le Rockefeller Center. Ils l'ont photographié sous tous les angles et ils ont pris tellement de photos que c'en était devenu un folklore. Subitement, devant moi, le Rockefeller était devenu un cliché. Un lieu commun.

Un vieux chien
en tête du cortège
on va visiter les tombes.

ISSA

La mort, là-bas? Mishima, Kawabata, Dazai, Akutagawa. Ils n'ont qu'une façon de mourir, semble-t-il. Se suicider. Qu'est-ce qui pousse à ça? L'orgueil? La forme? La beauté? Une trop haute idée de la vie? Ne cherchez pas la réponse.

> Même mon ombre
> est en excellente santé.
> Premier matin de printemps.

> ISSA

C'est incroyable! L'idée d'écrire ce livre m'est venue un jour, brusquement. Une image. Voilà: un jeune couple en train de faire l'amour dans la ville d'Hiroshima, le matin de l'explosion atomique, en 1945. Et la Bombe tombe au moment même où ils parviennent à l'orgasme. Éros et Hiroshima. ÉROSHIMA. Le Sexe et la Mort. Les deux plus vieux mythes du monde.

> Elles se cachent derrière les fleurs
> les fleurs
> Au mont Yoshino.

> TÔFU

La dernière scène. Je me vois dans une petite ville du Japon. Sans savoir où je suis. Sans connaître la langue. Sans reconnaître le paysage. Ignorant les codes. Je me vois en train de flâner dans les rues. Pas comme touriste, ni comme voyageur, mais cherchant mon destin. Et trouvant ma mort.

L'avenir radieux

JE NE SAIS RIEN DU ZEN. J'ai écrit ces récits cet été. Vite, très vite, en tapant avec un seul doigt sur ma vieille Remington.

Je ne sais rien du Japon, et le Japon ne sait rien de moi. J'aime la Bombe parce qu'elle explose.

L'apocalypse viendra, c'est sûr, par une magnifique journée d'été. Un de ces jours où les filles sont plus radieuses que jamais. On a dit qu'on ne reconnaîtra plus personne après.

J'aurai une fleur rouge à la main.

DANY LAFERRIÈRE
CHRONOLOGIE

1953   Le 13 avril, naissance de Dany Laferrière
à Port-au-Prince. Il est le fils de Windsor
Klébert Laferrière, journaliste et syndica-
liste, et de Marie Nelson, archiviste.

1957   L'enfant est envoyé à Petit-Goâve chez sa
grand-mère Amélie Jean-Marie, dite Da, et
son grand-père Daniel Nelson, officier d'état
civil et spéculateur en denrée (café). Cette
enfance heureuse sera longuement décrite
dans deux livres de l'auteur, *L'Odeur du
café* et *Le Charme des après-midi sans fin*.
«J'ai tout appris de cette époque que je con-
sidère comme une parenthèse de bonheur
dans ma vie», dira l'auteur en 1991 dans
une interview au quotidien *La Presse*.
François Duvalier prend le pouvoir.

1959   Windsor Laferrière est envoyé comme di-
plomate en Italie et, quelque temps plus
tard, en Argentine. Un exil déguisé. Il ne
retournera plus jamais dans son pays.

1964   Une épidémie de malaria force Da a envoyé
l'enfant à Port-au-Prince où il rejoint sa
mère et ses tantes.

1964-1972	Études secondaires au Collège canado-haïtien, chez les frères du Sacré-Cœur.
1971	Mort de François Duvalier, président à vie depuis 1964. Son fils Jean-Claude lui succède.
1972	Dany Laferrière commence à publier de petits portraits de peintres dans les colonnes du *Nouvelliste*, le plus vieux quotidien d'Haïti. Le directeur, Lucien Montas, guide le jeune chroniqueur en lui suggérant de faire court dans un style simple. «Je n'ai jamais oublié ces deux conseils», dira-t-il plus tard.
1973	L'auteur fréquente assidûment les grands peintres primitifs (Rigaud Benoit, Jasmin Joseph, Saint-Brice) qui se réunissent chaque samedi au Centre d'art de la Rue du centre. Il visite les galeries d'art, court les expositions des nouveaux peintres modernes dont les chefs de file sont Jean-René Jérôme et Bernard Séjourné. Il travaille alors au *Nouvelliste*, à l'hebdomadaire politico-culturel *Le Petit Samedi Soir* et à Radio Haïti-inter.
1974	L'auteur s'intéresse à un nouveau groupe littéraire qui fait sensation à Port-au-Prince: le spiralisme. Leur credo: «rien n'est définitif en littérature, une œuvre pourrait être achevée...» L'auteur interviewe pour *Le Petit Samedi Soir* l'écrivain Franck Étienne qui vient de faire paraître une bombe: *Ultravocal*, un livre qui

va changer la littérature haïtienne, la sortir, selon la critique de l'époque, du ronron folklorique.

1976 La situation politique se complique, de nouveaux partis voient le jour. La presse montre les dents. Le gouvernement américain exige des élections. On conteste la présidence à vie de Jean-Claude Duvalier. L'auteur, comme journaliste au *Petit Samedi Soir*, est aux premières lignes de ce combat. Le pouvoir réplique en faisant assassiner le journaliste le plus intrépide: Gasner Raymond, ami intime de Laferrière. Lui-même en danger, il quitte Haïti en secret et arrive à Montréal.

1980 Naissance d'une première fille.

1976-1982 Au Québec, Laferrière fait divers métiers et tente de s'adapter à son nouveau pays. Époque de la drague, du vin, des repas simples, du salaire minimum et des chambres crasseuses et ensoleillées.

1982 Sa femme et sa fille viennent s'installer avec lui à Montréal. Fin de l'époque bohème. Il commence à écrire un roman.

1985 Parution de *Comment faire l'amour avec un nègre sans se fatiguer*, premier roman de l'auteur. C'est un des événements marquants de la saison littéraire au Québec.

1986 La nouvelle télévision Quatre Saisons engage Dany Laferrière qui devient le premier Noir à travailler dans une salle de nouvelles d'une chaîne nationale au

Québec. Relégué très vite à la météo, il réinvente le genre en sortant le premier dans la rue et en introduisant dans ses capsules un mélange de gaieté et d'humour. L'auteur devient une figure aimée du grand public.

1987   Parution d'*Éroshima*.

1989   Sortie du film tiré de *Comment faire l'amour avec un nègre sans se fatiguer*. La critique est généralement négative, mais le public est enthousiaste. Le film sera projeté dans plus de cinquante pays. Laferrière devient chroniqueur à *La bande des six*, le magazine culturel de Radio-Canada. Le style des chroniqueurs, libre, direct, dur parfois, fera de cette bande de chroniqueurs des critiques redoutés.

1990   L'auteur quitte tout, surtout l'hiver, avec sa femme et ses trois filles. Il s'installe à Miami (Floride). Il se consacre à l'écriture.

1991   Parution de *L'Odeur du café* (prix Carbet de la Caraïbe); 1992, *Le Goût des jeunes filles*; 1993, *Cette grenade dans la main du jeune nègre est-elle une arme ou un fruit?*; 1994, *Chronique de la dérive douce*; 1996, *Pays sans chapeau*; 1997, *La Chair du maître* et *Le Charme des après-midi sans fin*. Ces livres se sont retrouvés sur la liste des meilleurs vendeurs au Québec et ont bénéficié partout de critiques favorables.

BIBLIOGRAPHIE[1]

Comment faire l'amour avec un nègre sans se fatiguer,
   VLB éditeur, 1985.
Éroshima, VLB éditeur, 1987; Typo, 1998.
L'Odeur du café, VLB éditeur, 1991.
Le Goût des jeunes filles, VLB éditeur, 1992.
*Cette grenade dans la main du jeune nègre est-elle une
   arme ou un fruit?*, VLB éditeur, 1993.
Chronique de la dérive douce, VLB éditeur, 1994.
Pays sans chapeau, Lanctôt éditeur, 1994.
La Chair du maître, Lanctôt éditeur, 1997.
Le Charme des après-midi sans fin, Lanctôt éditeur,
   1997.

---

1. Cette bibliographie n'inclut pas les nombreuses traductions.

TABLE

Cet ouvrage composé en Sabon corps 10
a été achevé d'imprimer
en avril deux mille dix
pour le compte des Éditions Typo.

Achevé d'imprimer au Canada
sur papier Enviro 100% recyclé